いたち小僧
ご隠居は福の神 3
井川香四郎
時代小説
二見時代小説文庫
JN044364

目次

いたち小僧——ご隠居は福の神 3

第一話　孫の教え

一

その子は今年、十歳になるという。だが、三歳児のような物言いしかできず、表情も感情も乏しく、手先は不器用で、ろくに体も動かせず、人と話すのも苦手（にがて）だった。寺子屋ならばふつうに習っている読み書きはほとんど理解できず、算盤（そろばん）は置けなく、論語の素読（そどく）もまったくしたことがない。つまり当たり前の教育を受けないまま、体だけが大きくなってしまったのだ。

小吉（こきち）というのだが、ふつうに育てられなかったのには、可哀想（かわいそう）な訳がある。それこそ三歳のときであった。小吉の家は、門前仲町（もんぜんなかちょう）で太物（ふともの）を扱う、『丹波屋（たんばや）』というそこそこの商家をしていたのだが、何者かに拐（かどわ）かされた。届いた脅し文には、

『百両払え。でないと倅の命はない』

と下手な文字で記されていた。町方役人に報せると殺すと続けられていた。

景気は良かったが、おいそれと払える身代金ではなかった。だが、父親の諭吉と母親のおそのは、親戚や知人に頭を下げて、なんとか百両を揃えて、指定された川船に置いた。

川船には仕掛けがしてあって、川の対岸に引っ張られ、拐かし一味にまんまと奪い取られてしまった。一味というのは、向こう岸に二、三人の姿が見えたからだ。小雨も煙っており、はっきりと顔などは分からなかったが、三度笠をかぶり、黒っぽい着物を端折っていたので、渡世人かと思われた。

実は、諭吉は密かに町方の役人に報せており、確実に息子の救出を願っていた。しかし、相手の方が一枚上で、まんまと金を奪われた上に、肝心の息子が帰ってくることはなかった。拐かし一味からの報せは、それきり途絶えたのである。

それでも町方役人や火消しの鳶、近所の人々も一緒になって探したが、結局、小吉は行方知れずのまま歳月が過ぎたのだった。

この事件がきっかけで店は傾き、諭吉とおその夫婦も喧嘩ばかり繰り返して、ついに離縁してしまった。

小吉がいなくなって、二年目のことである。すっかり身を持ち崩した諭吉は、飲み屋の女と駆け落ち同然に江戸から姿を消し、おそのは独り身になって、着物の仕立てや縫い物を請け負って、糊口を凌いでいた。

――もしかしたら、小吉が帰ってくるかもしれない。

その思いだけで、かつて商売をしていた店の近くの長屋に暮らしていたのだった。

そんなある日のこと、身の丈五尺近くあるだろうか。細身ですらりとした男の子が、おそのを訪ねてきた。目鼻立ちははっきりしていて、濃い眉と分厚い唇は見るからに賢そうだった。しかし、話す言葉は、

「おいら、ちょっちゅう、飛んでた。海、きらきら、してる」

などと頭が弱いのではないかと思えるような口調で、〝てにをは〟もはっきり分かっていないような話し方だった。三つ子ならば、それが可愛いのであろうが、小柄な大人の女よりも背が高い子が喋るには幼稚すぎた。

しかし、その子が、七年前に拐かされた小吉だと分かるまでに、さほど時はかからなかった。拐かされたときに、帯に括りつけていたお守り袋を持っており、生まれつきあった左肩の背中の痣や右目の下にあるほくろが、まさに小吉と同じだからだ。

よく見ると顔だちは、いなくなった亭主の諭吉にそっくりだ。何より、小吉の方が、

「おいら、小吉。おっかあの顔、忘れて、ない……」

と拙い言葉ながら、必死に訴えた。

だが、これまで何処でどんな暮らしをしてきて、どうやって江戸に舞い戻ってきたのか、小吉が話すことはなかった。まったく覚えてないはずはない。話したくない訳があるのかもしれないが、決してそれについては、口を開かなかった。

物言わぬ子は笑うこともなく、まるで犬か猫のようだった。いや、犬や猫の方がまだ感情を表し、人を慕ってくる。だが、小吉は目の前の母親に甘えることもなく、大人を見ると隠れるように逃げた。何を考えているのか分からず、おそのは自分の方がおかしくなりそうだった。

そこで、同じ深川に様々な人助けをしている旗本の〝ご隠居〟がいるとの噂を聞いて、教育をし直して貰いたいと、おそのは小吉を預けに来たのである。

「いや、私は高山家の隠居ではなく、ただの小間使いですから……」

矍鑠とした態度ながら、吉右衛門は白い顎髭をちょっと撫でた。

おそのの側に何気なく座っている小吉は、上目遣いで吉右衛門のことを見ていた。主人の顔色ばかりを伺う飼い犬のようだった。目の色は、怯えているように灰色がかっている。

――相当、大人に虐められてきたようだな……。

と吉右衛門は感じた。

「ご隠居様。どうか……お願い致します……」

弱々しい声で、おそのが言うと、吉右衛門の方から、

「坊……名前は？」

と訊いた。

「小吉……こきち……こきち、だよ」

「どんな字を書くんだね」

首を傾げる小吉の横で、おそのがすぐに代わりに答えた。

「小さい吉、って書きます。良いことの吉です……ええ、大それたことは望まない。商人の子として、大過なく健やかに育って貰いたい。そう願って……なのに、あんな目に遭ってしまって、うう……」

おそのは胸から込み上げたように咳き込んで、その場に屈み込んだ。

だが、小吉は自分の母親であるにも拘わらず、ちらりと横目で見やっただけだった。時とともに、心の何処かが傷ついて、人としての感情も育まれなかったのであろうか。

「小吉か……私の名は吉右衛門。同じ吉が付く者同士、仲良くしようかのう」

吉右衛門はそう言いながら、小吉を手招きして、文机に近づけさせた。筆を取って、硯の墨を付けると、半紙に丁寧に「小吉」と楷書で書いた。

「これで、〝こきち〟と読むのだ。おまえの名前だ。壁に張って、覚えるがよいぞ」

「ふうん。これが小吉……へえ……」

頭の中までが三歳児ではなさそうだ。

どんな人間であれ、自分の名前は愛しいもので、仮に文字を読み書きできない者でも、名前を記されれば嬉しいそうだ。もっとも、江戸時代末期のこの天保時代においては、日本の九割が読み書きできたというから、小吉の年齢としても珍しい部類だった。

「小吉……ふうん……小吉……書く」

すぐに小吉は文机の前に座り、吉右衛門の真似をして、筆先に墨を吸い込ませ、力任せに紙に書いた。黒い墨滴が飛びちって、襖や壁、自分の顔や体、側にいた吉右衛門の着物も墨で汚れてしまった。

「おやまあ、この子ったら、力加減も分からないの」

思わず、おそのは叱るような口調で言ったが、吉右衛門は微笑み返して、

「よいよい。自分で加減や塩梅が分かるまで、真似をして書いてみるがよい。誰だっ

て、初めは筆の持ち方も知らぬ。じゃが、この子は勘が良い……ほれみなされ。たった二、三枚書くうちに、様になってきた」

と小吉の書きっぷりを誉めた。

「どうやら、根気もあるようじゃな」

「そうですかね……三歳の頃は、落ち着きのない子でしたが……」

「落ち着きのある三歳児の方が気味悪い。大丈夫……この子は言葉や人との接し方には難儀があるが、心はさほど歪んではおらぬようじゃ。慌てず、ぼちぼち、気長に治癒してやるのがよかろう」

吉右衛門はまるで自分の孫が現れたかのように、相好が崩れた。

「では、ご隠居様……お預けしてよろしいのでしょうか」

「うむ。だが、手に余って私に預けたというのでは、母親として示しがつきますまい。この子に対しても、ご近所にも……私が親戚の爺さんとでもしときましょうかな」

その言葉に、おそのはありがたそうに両手を合わせて頭を下げた。

母親のことなど忘れたかのように、小吉という文字を何度も稽古している。子供とは放っておいても、物真似をして、気が済むまで続けるものだ。十歳になったとはいえ、童心が胸の中で膨らんだままなのであろう。

夕刻になって、小普請組の寄合から帰ってきた当家の主人・高山和馬は、吉右衛門の部屋中が墨だらけになっているのを目の当たりにして、思わず仰け反った。

「な、何をしているのだ、吉右衛門……」

お帰りなさいませと手をついてから、吉右衛門は笑いながら、

「ご覧のとおり、書の稽古でございます。あ、今、厠に行っておりましてな……大丈夫かのう。ひとりで、できるかのう」

と立ち上がって渡り廊下に出た。

「何がだ……」

和馬が首を捻っていると、小吉がガニ股気味に戻ってきた。

「ご隠居様。ちゃんと……ちゃ、ちゃんと、でた」

「さようか。よかったな」

「分かった」

「む？　何がだね」

「厠も書も、紙、いっぱい」

「そうだな。飯や水があっても、人は紙がなければ、生きていけぬぞ」

吉右衛門が笑うと、和馬は不思議そうな顔をして、

「何処の子です？」

と訊いた。

もっとも、屋敷内にはしょっちゅう近くの子供らが来て遊んでいるし、寺子屋代わりに読み書きを教えてもいる。吉右衛門が連れ込んでいることは、珍しいことではないが、どうも様子がおかしいと感じた。

事情を吉右衛門が話すと、和馬も当然のように受け容れ、

「──そんな大変な子か……ならば吉右衛門、なんとしても心を救ってやらねばならぬな。俺は、解決していない昔の拐かしについて調べてみる。攫った奴が誰か分かれば、何か役に立つかもしれぬからな」

と同情の目で、小吉を見るのだった。

二

吉右衛門はその翌日から、近場の長屋や材木置き場、川沿いの道や富岡八幡宮まで足を伸ばして、小吉を連れ歩いた。

三つ子の魂百までという。生まれ持った性根と物心つく前の慣わしが、生涯の言動

を決める喩えである。幼い頃に脳裏に刻み込まれた風景の記憶も忘れないものだ。たとえ、それば忌まわしいものであったとしても、いや、むしろ嫌なことほど深く埋め込まれているかもしれない。

それがひょんなことから表に出てきて、色々な弊害が起こるものである。今のところ、小吉は何もかも忘れているようで、何を見ても、子供らしい新鮮な表情を浮かべていた。

吉右衛門が気になっていたのは、

——なぜ、この子がひとりで、母親の住む長屋に現れたか。

ということである。

おそのは、そのことについては、自分も分からないと答えていた。だが、三歳のときに行方不明になった子が、七年も経って、何の手掛かりもないままに、昔暮らしていた大店を訪ねてくるわけがない。

長屋の大家は町名主を通して、小吉のことは北町奉行所に届け出ていた。当時の探索を担当した奉行所であったから、〝被害者〟が帰ってきたことを伝えるためだ。

もっとも、その頃、『丹波屋』の拐かしに携わっていた同心は隠居しているだろうし、事件自体が〝くらがり〟に落ちて、永尋書留役に移っているはずだ。当時は犯罪に時効はないから、継続して探索しているはずだ。が、それも表向きで、何もしていないのが実情だった。

吉右衛門は子供が集まって遊ぶ光景を見せるために、日除け地や原っぱ、神社の境内などを連れ歩いた。

わいわいがやがやと、元気に遊び廻る子供らの姿に、小吉はつと足を止めて、

「あれは、なに？」

何をしているのだと訊いたのだ。

「おまえは、鬼ごっこや隠れんぼもしたことがないのか」

「え……？」

「知らないのだな」

「………」

「もしよかったら、あの子たちに混じって遊んでみるか」

「遊ぶ……？」

どうやら遊ぶという感覚も、何かを学ぶという姿勢も分からないようだ。誰からも教わってないのだろうが、三歳児からいきなり十歳になったというより、何処か他の国から来たかのような態度だった。

「まあ、来てみなさい」

吉右衛門が手を引いて、鬼ごっこをしている方に近づくと、子供らの方からワッと声を上げながら駆け寄ってきた。

「ご隠居さん。いっつも暇こいてるなあ」

「遊んでやってもいいぜ」

「今日は団子持ってきてくれてねえの」

「肩揉んでやっから、一文おくれ」

などと冗談半分で、親しみを込めて話しかけてくる。まるで良寛様が子供らと遊ぶ光景のようだ。

「この子、誰だい?」

峰助という大柄な子が訊くと、吉右衛門は一緒に遊んでやってくれと頼んだ。

「小さい頃、門前仲町に住んでたんだが、お父っつぁんの田舎で暮らしててな、近頃になって、また戻ってきたんだ」

適当に嘘を言って、遊び仲間にして貰おうとしたのだ。

「いいよ。名前はなんてんだい」

と峰助が直に訊くと、嬉しそうに「小吉!」と小吉は答えた。

「あんまり、まだ遊び慣れてないようだから、優しく頼むよ。色々と教えてやっておくれ。いいな峰助」

「あいよ」

大工の倅だけあって、峰助は歯切れのよい返事をした。

すぐに、「かごめかごめ」をして遊び始めた。元々は浅草の修験僧が集めた童謡集にあったらしいが、文政年間に市村座で上演した鶴屋南北の芝居に出てきた遊び唄が、巷間に広まったという。

――かごめかごめ、籠の中の鳥はいついつ出やる、夜明けの晩につるつるつるはいった。

円陣を組んでしゃがんで歌いながら、〝後ろの正面〟に座った子が誰か当てるのである。その後で、子供らは当たった子と外れた子が二手に分かれて、隠れん坊をするのだ。子供らの創造力は豊かで、陣取りと鬼ごっこ、隠れん坊、岡っ引と咎人に分かれて追いかけっこをする〝御用ごっこ〟など、色々な遊びを合体させて楽しむ。

小吉には初め、さっぱり理解できないようだったが、子供らは面白いもので、できない子をバカにしたりしない。分かるまで、一生懸命、言葉と体で教えてやるのだ。

単純な鬼ごっこはすぐに馴染んだようで、小吉は追いかけられると「きゃっきゃ」

いる。と大声を上げて喜びながら逃げた。だが、捕まった後、鬼にされたときにも逃げてい

きた。どうやら、はっきりと決まり事は理解していないようだったが、しだいに慣れて

「うわあ！　きゃあ！　あははは！」

走り廻る小吉の姿は到底、十歳の子には見えず、やはり三歳児のような反応だった。

それでも、子供たちはむしろ面白がって、小吉を追いかけ廻して、へとへとになるま

で遊び続けていた。

だが、子供らの異変を、吉右衛門はすぐに感じた。

翌日にはもう一緒に遊ばなくなったのだ。〝えんがちょ〟と縁切りをして、小吉の

姿を見ると、子供たちは何となく離れたり、家に帰ったりするのであった。

「――峰助。何があったのだね」

逃げようとする峰助を吉右衛門は捕まえて、事情を訊くと素直に話した。

「俺はいいんだけどさ……みんな、お父っつぁんやおっ母さんさんに言われたそうな。

あの子とあまり遊んじゃいけないって」

「どうしてだね」

「ご隠居さん、よく知ってるんでしょ。小吉は昔、拐かされて突然、帰ってきたと

か」

「だから一緒に遊んでやって欲しいんだ。今まで、誰とも遊んだことないから」

「だって、ご隠居さんは、小吉はお父っつぁんの田舎で暮らしてたって言ってたじゃないか……そうじゃなくて、拐かされたんだろ」

「すまぬな、嘘をついて。でも、ずっとひとりぼっちだったあの子が不憫でな。だから、友だちを作ってやりたのじゃ」

「けどよ……なんか怪しい。なんか良くないことがあるんじゃねえか……何処で何をしてたか分からないなんて、気味悪いって……みんなそう言ってる。頭も弱そうだし……」

申し訳なさそうに峰助は言った。吉右衛門としては、これ以上、子供らに押しつけたくはなかった。

「分かったよ……でも、これだけは言っておくよ。悪いのは、小吉じゃない……峰助は賢いから理解してくれるよな」

「うん……うん……」

頷きながら頭を下げると、突っ走って去った。その峰助を見送った視線を、境内の方に移すと、小吉は塀沿いにある立て札をじっと見上げている。

「——なんだ……友だちがみんな帰ったというのに、何の感慨もないのかねえ」

さしもの吉右衛門も、少しばかり呆れた。とはいえ、小吉を責めることはできない。何も分からない三歳児が、読み書きも教えられないまま体だけ成長させられたのだ。拐かした下手人には、人の心がなかったのであろうか。いや、拐かした者の所にいたかどうかも、実はまだ不明なのだ。

何処で暮らしていたか、小吉から聞き出せないものかと、吉右衛門は思案していた。ずっと立て札を見上げている小吉に近づくと、「あれ」と指さした。

立て札には、〝算額〟という数学の問題が書かれた絵馬が掛けられていた。美しい図式に色彩も施されており、設問が添えられていた。大人でも難儀な円周率を素材にしたもので、縁を取り囲んだ三角形の一辺の比率や角度を求めるものだった。

吉右衛門は一見して分かったが、小吉は不思議そうに見上げている。

〝算額〟は神社仏閣に奉納される慣わしがあり、美しい図形問題が多い。佐野の星宮神社とか京都の八坂神社が古いものだと伝わっているが、何処にでもあったものである。もちろん飾りではなく、庶民が〝頭の体操〟のように考える憩いの場でもあったのだ。読み書き同様、算盤が普及していたように、人々の間では算術も娯楽として伝わっていたのだ。

だが、小吉には分かりようがないので、吉右衛門は、

「これか？　神社のおまじないだ」

と教えた。

「おまじない……」

「ああ。神社は知ってるよな」

「うん、うん……近くにあった……」

何気なく言った小吉の言葉だが、吉右衛門には一筋の光を得たような気がした。拐かされた後に、住んでいた所の近くに、このような神社があったということだ。探す手掛かりになるかもしれない。

「あのような赤い鳥居（とりい）があったのかい」

「鳥居……」

「あれは、鳥居って言うんだよ」

境内から眺められる鳥居を指しながら、吉右衛門は言った。

「小吉が住んでた所の側（そば）にあったのかね」

「…………」

「なんという神社か聞いたことはないかね」

責めるように問いかける吉右衛門だが、小吉は首を傾げるだけだった。だが、しばらくすると、「八幡さん」と答えた。

「八幡さん……そうなんだね」

小吉はこくりと頷いて、また〝算額〟を指した。

「こういうのも飾ってあったのだね」

「うん……面白い」

「面白い」

「うん、綺麗……綺麗」

〝算額〟の図形を辿るような仕草で、指を動かしながら、小吉はにこりと笑った。

「これと同じような絵が書かれてたのかい」

「うん、うん」

「もう一度、見たら、分かるかな？」

「うん、うん……綺麗」

地道に探すしかないが、小さな一歩かもしれないと、吉右衛門は心が弾んだ。

もっとも、その場に引き戻すのが、良いのかどうかは分からない。だが、どういう暮らしをして、いかなる方法で江戸に舞い戻ってきたのかを知る手掛かりにはなるであろうと、吉右衛門は思っていた。

三

北町奉行所の同心部屋には、定町廻り同心の古味覚三郎が顰め面で、爪楊枝を咥えていた。昼飯を食べたばかりで、歯の間をいじりながら、目の前の和馬を睨み上げた。

「探索をし直せだと？　そりゃ御門違いだ。永尋に掛け合うがいい」

面倒臭そうに吐き捨てて、そっぽを向いた。

〝袖の下同心〟と揶揄されるだけあって、小遣いにもならない事件には首を突っ込まない。むろん、筆頭同心や吟味方の与力などから命じられれば、調べ直すことはあるが、一度終わった事案をひっぺ返すような真似はしない主義だ。

「ただでさえ、今、扱ってる事件は山ほどある。そんな大昔の拐かしのことなんざ、知ったことじゃないですよ」

「だが、拐かされた男の子が帰ってきたのだ。裏には何かあるはずだ。悪党を捕まえることができるかもしれぬではないか」

「終わった事件でしょうが」

「いや、終わっていない。七年もの間、小吉って子は人間扱いされてきてなかった。ああ、そうに違いない。だから、今でも読み書きができず、言葉もちゃんと話せない」

「だったら、高山様が教えてやりゃいい。下手人を探し出してどうするつもりで？」

「どうもこうもない。罪を明らかにして、刑罰に付せるだけだ」

「遠い昔の事件は記憶も曖昧（あいまい）になるし、証拠も揃うかどうか分からない。だったら、母親の所に無事に帰ってきたんだから、これからの暮らしをちゃんとしてやればいい。でしょう？」

古味にはまったくやる気がなさそうだ。和馬は呆れ返って、怒鳴りつけたくなったが、ならば昔、この拐かし事件を担当した同心を教えてくれと頼んだ。それくらいならいいと思ったのか、古味はまだ歯をシーシーやりながら、

「たしか、八島文兵衛（やじまぶんべえ）さんでしたかね……ですけど、この人は臨時廻りをした後、隠居した。まだその年じゃなかったが、これのやり過ぎで、手足が震えて、使いものにならなくなりやがった」

と酒をがぶ飲みする仕草をした。

「そんな大酒飲みだったのか」

「継ぐ息子もいないから、組屋敷から追い出され、どこだったかな……人形町の方でひとり暮らしをしてるらしい」

「さようか。では、訪ねてみる」

「何の足しにもならないと思うがね。ま、小普請組の旦那は暇でしょうから、好きにおやんなさいまし」

一文にもならないことを、よくやるなという思いがある言いっぷりだった。いつもそうだ。困った人に恵んだり、大変な人を助けたりすると、古味は必ず、

「人助けは結構だが、そうやってる自分に酔ってるだけでしょうが。いいねえ暇人は」

と人を貶めるようなことを言う。御家人なのに、旗本を見下している。

真面目に働いている者をからかうのが好きなのか、汗水流している町人に向かっても、労うどころか、「よくやるよな、このくそ暑いときに」などと減らず口を叩く。

武家でありながら、親にどう教え育てられたのか、不思議で仕方がなかった。

「古味さん……」

和馬はニコリと微笑みかけ、

「きっと、いいことがありますよ。だから、いつも笑って暮らした方がいい」

そう言ってから背中を向けた。古味は小馬鹿にされたと思ったのか、情けない悲鳴を上げた。「おい！」と呼び止めかけたが、爪楊枝が歯茎に突き立ったのか、情けない悲鳴を上げた。

八島文兵衛が住んでいる長屋は、人形町の料亭の裏店になっていた。

この界隈は、振袖火事によって浅草寺裏に移る前には、遊廓〝元吉原〟があった所だが、百数十年を経ても、その雰囲気は漂っていた。芝居小屋が立ち並ぶ町で、茶店や飲み屋、陰間茶屋のようなものも軒を並べているからであろう。堺町と葺屋町にあった芝居小屋が、大火事の後、浅草猿若町に移るのは、もう少し後のことだ。

芝居街の一角にある見世物小屋で、八島は下足番をしているとのことだった。

「──私が八島文兵衛ですが、旗本の旦那様が、何用でございましょう」

還暦にはまだのようだが、白ごまの無精髭に、月代も綺麗に剃ってないせいか、吉右衛門よりも老けて見えると、和馬は思った。訪ねてきた理由を話すと、俄に八島の表情が曇った。明らかに、その一件については触れたくないという顔だった。

「今頃になって、なんでしょうか……」

俯いたまま八島が訊くと、和馬はその顔を覗き込むように、

「聞いておらぬのかな」

「何をです」

「町奉行所にはもう届けられておるが、八島さんが扱った拐かし事件の被害者、その頃は三歳だった小吉が戻ってきたのです」

「え……ええ?!」

「背丈もこれくらいに伸びてます」

和馬は自分の胸の辺りに手を当てた。

「ただ、誰からもきちんと教育をされていなかったようで、言葉遣いや態度、勉学も含めて、まだまだ拙いのです。拐かされた当時のままでしてね」

小吉の今の様子や母親のことを伝えてから、和馬は自分の屋敷で預かっていることも説明した。

「それは奇特な……」

と言いかけたが、八島は大きくなった小吉に興味を抱いたようだった。

当時、八島は定町廻り同心として、日本橋（にほんばし）や神田（かんだ）辺りも受け持っており、『丹波屋』のことも知っていたから、幼い小吉がいることも承知していた。だから、拐かしがあったと、密かに主人の諭吉に相談されたときは、

「絶対に相手に見つからないように助けてやる」

と啖呵を切ったのだった。

だが、相手は一枚も二枚も上だった。おそらく、拐かしをして身代金を取ることに手慣れていた輩だったのであろう。八島たち町方役人が密かに張り込んでいたことも、先刻承知のようだった。

まんまと百両の身代金を奪われた挙げ句、人質にされた小吉は帰ってこなかった。

「それで俺は……責任を感じましてね……『丹波屋』夫婦にも散々、罵られ……読売でも失策を叩かれた」

「だから、辞めたのですか、同心を」

「隠居願いを出したのはずっと後のことだがね……なんだか、あの一件から調子がおかしくなって、酒で紛らわせるようになったもので、十手を握る手も、この様でね」

利き腕を突き出したが、中風のように震えていた。

「刀や十手もそうだが、筆を持つのも難儀になってしまい、もはや御用勤めなどはできないと自分で意を決したのだ」

「そうでしたか……」

ひとつの事件が、被害者の商人夫婦や子供たちだけではなく、探索に当たった町方同心の人生まで狂わせてしまったことに、和馬は堪らない気持ちになった。

「でも、長い歳月がかかりましたが、小吉は帰ってきた。ええ、本物に間違いないと母親のおそのも言ってます」

「何はともあれ、そりゃ良かった……」

「ええ。でも、分からないことだらけなんです。今はあまり小吉に刺激を与えたくないのですが、なぜ帰ることができなかったのか、何処でどう暮らしていたか……そんなことを調べると、きっと拐かした張本人たちの正体も分かると思うのです」

「——そうですかね……」

「ええ、そう思いませんか。あなたも、良かったと言ったじゃありませんか」

詰め寄る和馬を、八島はさりげなく見上げると、辛そうな顔になったものの、

「いや……もう、俺には関わりない……帰ってきたのだから、これからのことを考えてやればいい。本人が何も話さないのなら、こっちも訊かなきゃいい。黙って、見守ってやればいいのではないかな……相済みません、旗本の旦那に偉そうに」

言い方は違うものの、古味と同じようなことを、八島も感じていたのかもしれぬ。

それでも、和馬は何としてでも、下手人を見つけて、すべてを解決したかった。咎人を処罰するのは当然だが、金を取り戻すことができれば、おそのとの暮らしの足しにすることもできるであろう。

「高山様……そんな金、残ってる訳がないじゃないですか」

「そうかもしれないが……」

「俺の考えですがね、やはり子供は何か深い傷を負っており、自分ではどうすることもできないのでしょう。だから、そっと見守って、静かに育ててやるのが一番じゃないですかね」

まるで自分に言い聞かせるように、八島は言った。もう同心ではないし、事件には二度と関わりたくない様子だった。

「あの事件の後、夫婦仲も悪くなり、主人の諭吉もいなくなった……俺になんか報せるんじゃなかったと、そりゃもう何十回も責め立てられました」

「………」

「でも、生きてたんなら、それでいいじゃないですか……勝手な言い草かもしれないが、俺は少しばかり肩の荷がおりましたよ」

八島は心底、そう思っているようだったが、まだ何か隠しているのではないか――と和馬は感じていた。自分なら是が非でも、下手人を捕らえたいと思うからだ。だが、もう何も言わず、その場から立ち去るのであった。

四

シュルシュルと糸が伸びて、餌を付けた針が川面に落ちた。土手道の縁に座って、吉右衛門は巧みに釣り竿を扱っている。

その横では、小吉が、魚籠で跳ねている小鮒を覗き込んでいた。本当に幼子のように、ニコニコと笑っている。吉右衛門が釣り上げる度に、手を叩いて喜んでいる姿は純粋無垢としか思えなかった。

ただ、ふつうの子供と違うのは、生きる熱気に欠けるということだった。生まれたての赤ん坊は、オギャアと泣き続ける。三歳くらいまでの子供は、意味もなく走り廻り、衝動的に何かを始める。落ち着かず次々と目先の喜びを見つけるものだ。

もちろん生まれつきによって違うが、大人しい子は大人しいなりに、生きている熱気がある。たしかに、小吉も喜びや悲しみは表現しているが、知性と情緒が上手く育まれなかったせいか、どこかぎこちない。

「うわあ、美味しそう。凄い、凄い」

手を叩く仕草も三歳児にしか見えない。体の大きさと比べて、あまりにも幼稚なので、通りすがりの出商(であきな)いたちも不思議そうに眺めていた。人の目をまったく気にしないのも、年なりの心に成長していない証(あかし)であろう。

吉右衛門の腕前は、入れ食いを得意とする漁師のように、次々と釣り上げた。江戸湾の海水と入り混じる〝汽水域(きすいいき)〟では、鯊(はぜ)、鯔(ぼら)、鱸(すずき)、鮃(ひらめ)、鰻(うなぎ)などが沢山(たくさん)、釣れる。時には、黒鯛(くろだい)も獲ることができる。今日の釣り竿や餌では狙えないのもあるが、「美味(おい)しそう」と笑う小吉の気持ちは、吉右衛門も同じである。

釣り竿の持ち方や、釣り糸や針を結ぶことくらい、十歳ならば誰でもできるはずだ。しかし、不慣れな上に不器用なのか、きちんとできない。帯ですら、すぐに緩むほどである。

それでも、釣りを面白いと感じたのか、何度も何度も繰り返して、竿を川面に向かって投げていた。今日の魚は餌に飢えていたのか、すぐに当たりがくる。川底にいる鯊なども、次々とかかった。

その度に、小吉は歓喜の声を上げ、魚籠に魚が増える度に小躍(おど)りした。

「おまえは、釣り師の才覚がありそうだな」

「さいかく……」

「上手(じょうず)だということだ。これからも腕を磨けば、漁師にだってなれるかもしれぬぞ。

小吉、おまえは遊びもすぐ覚えたが、釣りはもっともっと上手くなるかもしれぬな」
遠目に見れば、祖父が孫に釣りを教えている光景に見える。
その時、「ご隠居様あ！」と土手道を駆け寄ってくる娘の姿があった。とはいって
も、袖を襷がけにして、動き易いように裾は短めにたくし上げている。しかも、年寄
りが着るような地味な柄で、くすんだ色である。
千晶だった。町医者の藪坂陣内の弟子で、産婆でありながら、整骨医の修業もして
いる元気潑剌な娘盛りである。
「うあわッ。大漁だねえ」
大袈裟なほど吃驚した顔をして、魚籠を覗き込んだ。
「お孫さん？」
「そう見えるかい。ま、孫ってとこだ」
「なんだかさ、いいわよね。そうやって、孫と並んで釣り竿垂らして……生きててよ
かったあって感じ？」
「ああ、楽しいよ」
「うちの深川診療所には、ご隠居さんくらいの年でも足腰立たない人や、ご飯もろく
に食べられない人もいる」

「うむ。体が元気なだけが取り柄だ……こんな所で道草していいのかね」

「今、赤ん坊をひとり取り上げたばかりなの。ああ、頑張ったあって感じ。私がじゃないよ。母親と赤ちゃんがさ。ほんと神々しいよ。お産に立ち合うのって」

「だろうな。私も生まれた時のことは、昨日のことのように覚えているよ」

「えっ……またまた、からかっちゃって」

千晶は吉右衛門の肩を突っついた。

「本当だよ。母親はかなり難産でね。私が生まれたときは仮死状態で、鉗子で引っ張り出したから、目が吊り上がって、鬼が出てきたあって言われたそうじゃ」

「嘘……まあ、でも時々、難産になる子はいるからね。熱い湯につけたり、冷たい水に入れたり、逆さにしてお尻を叩いたりして、生き返らせるんだよ、そんなときは。産後の肥立ちが悪くなる母親もいるし、ほんと大変なんですよ」

「いや、千晶の仕事はまこと畏れ入る」

そんな話をしていると、小吉が大きく頷いて微笑みながら言った。

「おらも、そうだったって」

「え……？」

振り向く吉右衛門と千晶に、小吉はまるで自分が見てきたかのように続けた。

「おっ母さん、気を失った……おら、途中で息ができなくなって……おっ死んでしまうところだった」

「誰から聞いたのかね」

　思わず吉右衛門は聞き返した。三歳の頃に拐かされたのだから、それ以前に聞いていたとしたら、よく覚えていることになる。大きな体の子が拙く話す様子を、千晶もおかしいと感じたのか、

「――ご隠居様……？」

　と尋ねるような目になった。

　簡単に事件について話すと、なぜか千晶は興味津々という顔になって、大漁の〝戦果〟を抱えて、高山家の屋敷に一緒に帰ることになった。元々、子供が好きだから産婆をしているということもあるが、小吉の特異な体験をもっと深く知りたくなったようなのだ。医者の卵としては当然かもしれぬ。

「ねえねえ、聞かせてちょうだいな。小吉ちゃんの覚えてること、ぜんぶ」

　千晶は、診療所で子供の扱いが慣れているのか、小吉の方もすぐに馴染んだ。表情や言葉遣いは相変わらず幼児みたいだが、なぜか三歳の頃の記憶ははっきりしていた。

「おっ母さん、怖かった。お父っつぁん、優しかった」

小吉は素直に思ったままを言った。吉右衛門は妙に感心した。怖いとか優しいとか、感情を表す言葉は知っていたのだ。

「怖いのがおっ母さんで、優しいのがお父っつぁんなの？　ふつう逆じゃない」

聞き返す千晶に、小吉は曖昧だが首を振りながら、

「お父っつぁん、お店でお仕事してた。おっ母さん、家にいて、おいら、ぶってた」

「ぶってた？　おぶってたんじゃなくて」

「手や棒でぶってた」

「本当に？　手や棒で？」

千晶が手を振り上げて叩く真似をしようとすると、小吉はとっさに両手を頭に掲げて、しゃがみ込んだ。その素早い態度を見て、かなり虐待されていたのではないかと、千晶は感じた。

診療所にも時折、顔や体中に青痣を作ってくる子がいる。千晶は目の当たりにして、すぐに手当てをするが、火傷や刃物で切られたような酷い傷を負った子もいる。中には、医者から逃げようとすることもある。大人が怖いのだ。

そんな様子の子供を見ると、千晶は必ず親御さんの元を訪ねて、事情を訊くことにしている。藪坂先生の命令でもあるのだ。

子供を必要以上にいたぶっている親は、大概、「そんなことはしていねえ」と否定する。追及を続けても、躾のためだとの一点張りである。たしかに口で言っても聞き分けのない子供には、手が出る親は多い。商売人や職人の子供らには、世間様に顔向けができるように体で覚えさせることもあろう。

だが、医者に診せなければならないほど重傷を負わせるのは、親も尋常な心ではあるまい。どこかが病んでいるのだ。

「……ごめんね、小吉ちゃん。おっ母さんが、怖いから家に帰らなかったの？」

唐突に訊く千晶に、小吉は素直に頷いた。

「攫われたのに、怖くなかったの？」

「優しかった」

「誰が？　攫った人が？」

「おばちゃん、優しかった。いっぱい飴、くれた」

飴玉につられてついていったのかと、千晶は思ったが、吉右衛門はもう一歩先のことを感じていた。拐かされたときのことではなく、おそらく育てられた間も、おばちゃんとやらが優しく接してくれたのであろう。

子供を拐かす手立てにはよくあることだ。人相風体の悪い男よりも、信頼できそうな女の人についていくものだ。まだ三歳であったので、拐かした女が子供の見守り役だったのかもしれない。

「その……おばちゃんて、どんな人？」

「優しい」

「顔とか背丈とか髪型、どんな着物を着ていたかとか、覚えてない？」

「まん丸い顔。こんなに肥ってて、着物は、うんと……あの……神社、札みたいなの……一杯、あんなの一杯……」

手で形作った。絵馬のようではなさそうだ。何が言いたいのか千晶には分からなかったようだが、吉右衛門にはピンときた。

「――もしかしたら、〝算額〟のことかもしれんな」

「〝算額〟……」

「うん。この子、ずっと見上げてたんだ。たしか……今日見た奴は、円数の問題じゃった。八角形の集、つまり外接円問題だ」

今でいう円周率の問題で、分数や代理方程式で表せない〝無理数〟や〝超越数〟から、和算家の関孝和が究めていたものを応用したものである。かなり高度なので、町人には分かり辛いが、円に内接する八角形の中にできる三角形の角度などを、あれこれと工夫をして導き出すのだ。意外と大工とかは閃(ひらめ)いて解いていた。

「私は苦手だけど、ご隠居さんは分かったの？」

「子供の頃からやってるものさね」

「その〝算額〟の設問にあるような、八角形とか六角形のような紋様だとすると……亀甲(きっこう)花火師とか、毘沙門(びしゃもん)亀甲とか……長寿など縁起のよい柄ね」

「なるほど、そうかもしれんな」

「でも、それだけでは、誰かは分かりませんね」

「いや、大きな手掛かりだと思うぞ。で、小吉、他にそのおばちゃんの……」

　と吉右衛門が訊こうとすると、小吉はもう飽きたとばかりに、庭に降りて咲いている菖蒲(しょうぶ)の花を嬉しそうに見ていた。

「そんな花もあったのかね」

「うん。きれいだった。おばちゃん、こんな着物、着てた」

「他にも色々な絵柄のを着ていたのね」

　千晶が問い返すと、小吉はうんうんと頷いた。

　吉右衛門はすぐさま、着物の図柄を集めた綴り本を取り出して、覚えている柄をすべて思い出させた。つい最近まで、その女と一緒にいたとしたら、呉服問屋などを手当たり次第にあたって、分かるかもしれない。ふたりはそう思ったのだ。

そこに、和馬が帰ってきた。北町同心の八島のことを話して、自分なりに探索をしてきたことを伝えたが、まったく無駄足ばかりだったという。

「この子が一番知ってるかもよ、和馬様」

妙に明るい顔になって、千晶は目を輝かせた。微(かす)かだが頬が赤らんだようにも見える。吉右衛門は何となく気が付いたが、和馬の方は歩き疲れているのか、ぐったりと座り込むだけであった。

五

翌日、屋敷内に小吉の姿がない。

吉右衛門と和馬は手分けして、慌てて近所を探し廻ったが、何処にも見当たらなかった。三歳児の子供のように突発的に動くから、思わぬ事故に遭遇するかもしれぬと心配していた。

「もしかして……」

吉右衛門は富岡八幡宮の境内に急いだ。すると、また〝算額〟の前に立って、じっと見上げている。円と亀甲に見える紋様を腕組みで眺めている姿は、一端の大人のように見えた。その背後に近づきながら、声をかけたが、小吉はずっと〝算額〟を睨んだままである。

遊びもそうだが、飽きっぽいと思う反面、妙に集中することもある。もっとも、子供というのはそういうものかもしれぬが、吉右衛門は、何か曰くがあると感じていた。

「小吉……これが、そんなに面白いのか」

声をかけても、やはり腕組みして見上げたままで、首を振り子のように左右に傾けている。しばらく繰り返して、

「あああっ！」

と素っ頓狂に叫んだ。吉右衛門が驚いて、飛び跳ねたほどだった。

「思い出したんだな。何処にいたか、優しくしてくれたのが誰なのか」

吉右衛門が慎重に訊くと、小吉はぴょんぴょん跳びながら、

「分かった、分かった。三角、三角、一杯、三角」

と一方へ駆け出した。

柔らかい砂場のような地面にしゃがみ込むと、落ちていた枯れ枝で、〝算額〟と同じ図形を描き、六角の頂点の対角線をそれぞれ結んで、六つの正三角形を作った。そ

して、半径を一としたら、直径は二で、六辺は三倍になる。でも、円の方が外なので、円周は三倍より長くなることを、訥々とした口調ながら、一生懸命に説明したのだ。

信じられないという顔で見ていた吉右衛門は、

「……小吉。おまえ、誰に習ったんだね」

と訊いたが、それには答えず。

「これを……八つの角にしたら、どうなるんだろう……ええと……」

地面に新たな図形を描きながら、唸るように考え始めた。その姿を見ていた吉右衛門は、アッと目を瞠った。

「もしかして、小吉……自分で考えたのなら、物凄い才覚があるぞ」

数理に長けているのが天性のものかもしれないと、吉右衛門は俄に心がざわついた。千人にひとりの才人はいるものだ。この子は、拐かされて、犬猫同然に育てられ、何も学問を教えてくれなかったが、生得的に優れた知能があって、自分なりに思考し理解できるのかもしれぬ。

吉右衛門は小吉の手を引いて立ち上がらせると、急ぎ足で参道を進み永代橋を渡って、江戸市中に向かうと、一目散に湯島聖堂近くに住んでいる、ある算学者を訪ねた。

名は、和田寧という。土御門家の算学者筆頭であり、幕府学問所の教授を歴任した割には、御家人の組屋敷くらいの侘び住まいだが、竹林や松に囲まれた風情ある屋敷だった。弟子たちが数人おり、当主の面倒を見ているようだった。

突然の吉右衛門の来訪に、和田は吃驚仰天の顔になった。

「おやまあ……ご隠居様が現れるとは、五月の節句が過ぎたというのに、今宵は雪にでもなりますかな」

上方訛りの人懐っこい声で、吉右衛門を迎え入れた。年の頃は五十二、三だが、豊かな白髭を蓄え、地味な色合いの羽織を着ているせいか、随分と老体に見える。元々、播磨国の小藩の藩士だったが、浪人となってから、江戸に来て、日下誠という和算家の門を叩き、子供の頃から大好きだった算術を学んだのである。

「それが今や、暦を作る土御門家の……」

「ご隠居、その話は結構です。何をやっても超一流のご隠居に言われると、皮肉にしか聞こえませんので」

「何をおっしゃる。貴殿が〝円理豁術〟を生み出し、世の中に〝円理表〟を広めたお陰で、星の動きや暦、測量だけではなく、この宇宙の成り立ちまで人々が考えることができる。いや、畏れ入っておるのじゃ」

今でいう微分積分法を駆使しているのだ。和田の同門には、後に富士山の高さを測

った り、江戸湾の測量、さらには明治の世になって度量衡統一に尽力した内田五観などもいる。長谷川寛や白石長忠ら、錚々たる学者を多く輩出した。師匠の日下誠が優れていたからであろう。もっとも、西洋式の数学が普及し始めるのは、さらに時代が下って、嘉永年間になってからである。

「――で、その子は……？」

和田の方から尋ねた。目の前の子供のことで用件があるのであろうと察してのことだ。しかも、小吉の様子は普通の子とは違うから気になったのであろう。

吉右衛門は、小吉の身の上話をしてから、〝算額〟に興味を示し、解答を正確に導き出したことを伝えた。

「本当ですか……」

さしもの和田も疑わしい目になった。当代随一の数学者ゆえ、信じられないのは無理もないが、論語などの読み書きとは違って、数理とは直感が大切であることも承知している。

疑いから興味ある表情に変わると、和田は小吉を自室に招いて、そこにある〝円理科表〟をはじめ、様々な数式、さらには天球儀やら測量機器などを見せた。

だが、小吉は道具などにはいまひとつ食いつかなかったが、〝算額〟にあるような問題が記されている冊子はすぐに手に取った。学問所や私塾の門弟たちが解く問題だから、難しい定理などを学んでいないと解答することはできない。

しかし、よほど気に入ったのか、子供用の絵草紙でも手に入れたかのように、じっと真剣に見入っている。その子を傍らに置いて、吉右衛門は言った。

「頼みたいのじゃがな、小吉をしばらく預かってくれぬかのう」

「私が……ですか」

「迷惑かもしれぬが、この子は絶対に頭がいい。言葉は拙いが、理由は分からないけれど、数理には長けていると思うのだ。しかも、かような図式には飽きることなく、集中して考えておる。もしかしたら、生きる道が見つかるやもしれぬと思うてな」

「生きる道……」

「ああ。人には、誰にでもなにがしかの才能がある。この子は、親に育てられておらず、当たり前のことも学んでないが、だからこそ余人にはない、生まれ持った才能が顕著に見られるのかもしれぬ」

「なるほど、生まれ持った……」

和田はしばらく考えていたが、大きく頷いて、預かってみたいと言った。自身も幼い頃から、武家に生まれたことを恨むほど、数理の道が好きだったのだ。それは理屈ではない。心の奥から迸る何かとしか言いようがなかった。

「お任せ下さいませ。ご隠居に、よいお返事ができる予感がします」

「それも、算学者の直感ですかな」

「ええ。もし、数学という生きる道があるならば、私が育ててみとうございます」

胸を叩いて笑う和田に、吉右衛門は深々と頭を下げた。

「そんなことしないで下さい……こちらが、困ります……ささ、頭を上げて下さい」

困惑する和田をしみじみと眺めてから、吉右衛門も微笑みかけた。

「いやはや、ほんに立派になられた……浪人で腐っていた頃とは、別人じゃわい」

「ご隠居……弟子に聞こえます……」

しばらく和気藹々と時を過ごしたが、その間も、小吉は目を凝らして数式や図形の本を目を皿にして睨んでいた。


小吉を預けた相手のことを伝えると、和馬は目を丸くして驚いた。

「嘘でしょ……あの日本一の算学者の和田寧様に……」

「やはり、あの子には才覚があるに違いない。和田殿も逸材だと見ぬいたのであろう。快く引き受けてくれた」

「そうではなくて……吉右衛門は何故、和田様を知っているのだ」

「えっ……それはまあ、古い知り合いということですわい」

「おまえは時々、とんでもない人を知っているが、ほんに何者なのだ。うちに来てからも、ずっと正体がはっきりしておらぬが、かような話があると気になる」

「そうですか。私は一向に気になりませんが」

「こっちが気にすると言ってるのだ」

「小さなことに囚われてる暇に、小吉を拐かした輩の目星はついたのですか」

吉右衛門は話題を逸らしたわけではないが、和馬はすんなりと気が変わって、

「いや、それだがな……今日、いま一度、隠居した北町同心の八島に会ってきたのだ。拐かしの探索に携わった……」

「何か分かりましたか」

「うむ。それがな、実は……」

和馬は声をひそめた。屋敷内には誰もいないが、深刻な話になると小声になる癖が、和馬にはあった。

「拐かしには、父親が関わっていた節があるのだ……」

「ええ――?!」

大声で反応した吉右衛門の口を、和馬は思わず手で塞いだ。

「落ち着け……落ち着くのだ、吉右衛門」

「放して下さい。手が臭い」

「あ……庭の草むしりをしてたのでな。すまぬ、すまぬ」

膝を整えて座り直した吉右衛門は、和馬に向き直り、

「誰も聞いておりませんでしょうから、さような小声ではなく、聞こえるように……

近頃、耳が少し遠くなったもので」

と相手を傷つけないように言ってから、訊き直した。

「その話は本当のことでございますか」

「うむ。父親の諭吉は、小吉が拐かされて何年か後に、女房のおそのと不仲になって、
酒浸りの末、飛び出したとのことだが、実は……商売が上手くいかなくなったので、

〝狂言〟で小吉を拐かしたというのだ」

「狂言で……」

「身代金によって、店から金がなくなれば、借金を返す猶予ができる。その間に、店
を畳んで、とんずらを決め込んでいたらしいのだ」

「何のためにです」

「初めから、女房子供を捨てるためだ」

「…………」

「だが、拐かしを手伝った諭吉の仲間は、金だけを本当に持ち逃げしたかった……しかし、小吉も一緒に連れていかざるをえない、なんらかの事情があったのだろう……八島はそう話したんだよ」

　和馬が聞いたという八島の話は、吉右衛門には俄には信じられなかった。だが、〝狂言〟が事実だとしたら、尚更(なおさら)、真相を明らかにしないと、父親の都合で人生を狂わされた小吉があまりに不憫(ふびん)である。

「そのこと、おそのの方は分かっていたのかな……あるいは勘づいていたのでしょうかね」

「さあ、それはまだ分からないけど、此度(こたび)のことでは、俺は一体、誰を助けてよいのか、分からなくなったよ、吉右衛門……」

「——簡単でしょう。可哀想なのは、何も知らない小吉だ」

「あ、ああ……そうだな」

　小さく頷く和馬だが、まだ何処か腑に落ちないことがあるような顔つきだった。

六

翌日、神田まで、おそのを長屋に訪ねた吉右衛門は、著名な算学者に学問の面倒を見て貰っていることを話した。算学だの算術というものに、まったく縁のなかったおそのには、何故に、そのような高尚な御仁に預けたのか不思議で仕方がなかった。

「私も驚いたがね、七年も会ってなければ無理もあるまいて……親の知らぬ間に、子は育っておったということかのう」

「あ、はい……」

それでも、おそのは戸惑うばかりであった。吉右衛門は、小吉が類い希な知能の持ち主であることを伝えて、これからのことを相談したいと話した。

「これからのことですか……あの子が私のことをどう思っているか分かりませんので……なんというか、どう答えていいか……」

煮え切らない言い草には、おそのなりの遠慮があったのかもしれない。もしかしたら、慚愧に堪えない思いを抱えているのかもしれない。吉右衛門は、おそのを傷つけたくはないが、思い切って聞いてみた。

「あなたは、小吉が幼い頃、かなり虐めてましたね。言葉で罵り、体を痛めつけた」

「えっ……！」

吉右衛門の意外な言葉に、おそのは俄に緊迫した顔になった。恐れではなく、まずいことを知られたという屈折した顔つきだった。吉右衛門は一瞬にして、表情が変ったおそのには、やはり何かあると睨んだ。

「小吉が話してくれたんだ……あの子は、あなたが怖いから、家に帰らなかった……そう言ってたよ。だから、そのまま拐かし一味の優しい女と暮らしていたそうだ」

「そんな……」

「他にも誰か一緒だったと思われるが、小吉はまだ何も話してはおらぬよ」

「……………」

「此度もそうだ。せっかく何年かぶりに自分の息子が帰ってきたのに、どうしてよいか分からず他人に預けにきた……あなた自身が困っているからだろうが、きちんと向き合ってやろうとは思わなかったのかね？」

「いえ、私は……」

「責めているのではありませんよ。母親として、愛情を注いでやることでしか、小吉は救われないのではないだろうか」

「母親として……私が母親として……」

「そうです。生みの親なら、当たり前のことだと思うのですがね」

吉右衛門は、おその自身にもどこか問題があるのかと感じていた。もしかしたら、幼い頃に、二親から謂われのない虐待を受けたのかもしれない。

「ああッ……」

おそのは切なそうに頭を抱えて震えていたが、しばらくして、ふと顔を上げた。

「ご隠居様……私は実は……ほっとしていたのです」

「小吉が帰ってきて安堵した……」

「そうではなくて……拐かされたときは、そりゃ驚きましたが、心の片隅のどこかで、このまま帰ってこなくてもいい……そんなことを思っていたのです」

驚きよりも、悲しみを吉右衛門は感じた。おそのは頰を赤らめながら、嚙みしめるような口調だが、懸命に吐露した。

「一日千秋（いちじつせんしゅう）の思いで待っていたのは、嘘ではありません。でも……帰ってこなかったら、それはそれでいい、その方が小吉にとって幸せなのではないか。そんなことを思っていたのです」

「我が子に乱暴な振る舞いをしていたからかね」

「そうです……うう……」

嗚咽しそうになるのを、おそのはぐっと我慢して続けた。

「今、考えれば浅はかでした。でも、商売が傾き始めて、亭主は奉公人を罵り、私にも辛く当たりました。子供がいなくなってから、酒浸りになった……などというのは、後で作った話で、それ以前から、私の前では酷い状態でした」

「なるほど、そうでしたか……」

痛ましい状況を、吉右衛門は容易に想像できた。

諭吉は事あるごとに、おそのを罵り、赤ん坊の子供をあやしているときですら、乱暴に平手打ちを食らわしたりした。ならば、商売のことを懸命に頑張ればいいのに、飲み屋の女の所に転がり込んでは、家を留守にした。

それでも憂さ晴らしにはならないのか、商売が良くないのは、まるでおそののせいであるかのように罵倒し、子供が生まれたことが悲劇であるかのように怒鳴った。

もっとも、物心がついた小吉の前では、乱暴はしなかった。むしろ、優しい父親を演じていた。だからこそ、おそのに当たり散らしていたのであろう。

「——だから、あなたも幼い子供に……」

辛く当たったのだと、吉右衛門は解釈した。だが、おそのは、自分の中に流れる嫌なものも感じていた。同じように親から受けた仕打ちが染み着いており、まったく同じように我が子に対してしてしまったのだ。

「だから、小吉が帰ってきたとき……ろくに話もできず、三歳の頃のままの様子に、私は可哀想というより、怖くなったのです」

「自分を責めたわけだね」

「もし、優しくしていれば……子供を大切にしていれば、何処かで『おっ母さん！』と泣いているかもしれない……と考えたはずです。それが当たり前の母親です。でも、私は……」

「でも、私は……」

吉右衛門は、泣きじゃくるおその顔を覗き込んだ。

「私は……小吉はきっと帰りたがってない、と思ってました……だから、人質として解き放たれたとしても、家には帰らないで、何処かに逃げたのでは……そんなことすら考えました……でも、もっと探しておくのだった。とんでもない母親です……」

おそのは頭が変になったかのように、「わあっ」と苦しそうに叫んだ。その肩にそっと手を添えながら、吉右衛門は慰めた。いや、慰めにはならなかった。むしろ、さらに地獄に突き落とすような言葉だった。

「――実はね、おそのさん……諭吉が拐かしを何者かに唆（そそのか）した節があるらしいのだ」

「えっ……」

何を言い出すのだという表情に変わって、おそのは吉右衛門を振り向いた。和馬に聞いた話を伝えると、

「まさか……嘘でしょ……何のために……」

と、おそのはさらに苦痛の顔になった。

無理もない。息子を攫った張本人が亭主だったとなれば、この数年にわたる、身を切るような自分の悩みも根底から覆るからだ。

「ど、どうして、そんなことが……そんなことが分かったのですか……」

おそのは迫るように、吉右衛門の手を握りしめた。かさついた掌（てのひら）の荒れは、心の叫びのように感じた。

「――今、北町奉行所の同心だった八島という人が、改めて腰を上げて、探ってくれているそうな。幼子を取り返すことができなくて、八島殿も未だに胸が痛むとかでな」

「八島様……ええ、よく覚えていますとも……必死になって探してくれました。私が

見つからない方がいいと願っているときに」

「………」

「申し訳ありません……ごめんなさい……私、どうしてよいか……」

取り乱したように謝るおそのに、吉右衛門は大丈夫だと声をかけてから、

「あなたが拐かしたわけじゃない。事件の真相はいずれ明らかになるだろう。その時は、子供に対して素直になることだ。小吉にはきちんと謝ることだな」

「は、はい……」

「正直言って、私も小吉の心の中のことはよく分からん。でも、今は算術に夢中になっておる。近くの神社に〝算額〟があったそうでな、それが楽しみだったようじゃ」

「〝算額〟……」

よく分からないという顔のおそのに、簡単な説明を吉右衛門がすると、

「そういえば、三つの頃も、よく見てましたよ。それが何かということは、分かってたとは思えませんが」

と言った。

「どこの〝算額〟だね」

「すぐそこの神田明神下の八幡様です。見逃すような小さな八幡様ですが、上総国

木更津の八剱八幡神社の末社らしくて、亭主が毎日、拝んでましてね。そこにありました」

「八剱八幡……木更津……」

　古来、その一帯は『八剱の里』と呼ばれ、八剱の神が祀られていた。日本武尊の東征の神話が由来だ。相模国から上総国に渡ろうとしたとき、暴風雨に遭ったが、妃の橘姫が海神の怒りを鎮めるために、日本武尊の身代わりで亡くなった。悲しみに嘆き、なかなかこの地を離れなかったから、「君去らず」と呼ぶようになり、それが「木更津」になったという。

　徳川幕府からも寄進を受けており、吉宗の時代から、祭りには巨大な大御輿が出陣することで知られている。その里の「君去らず」にかけて、小吉は木更津から帰ってこなかったのではないかと、おそのは呟いた。

「木更津は、亭主の生まれ故郷なのです」

「なるほどな……小吉は物心がつく前から、〝算額〟を目にしていて、拐かされた後も、同じ八幡さんという響きの神社で、〝算額〟を見ていた……拐かしたのが父親だとしたら、木更津にいたことも考えられるわな」

　吉右衛門は何か閃いたのか、納得したように顎をちょろりと撫でた。

七

木更津まで陸路では大変だが、船で渡ればさほど遠くはない。和馬はすぐさま、馴染みの船頭に頼んで、手掛かりを求めて行ってみることにした。

その間、吉右衛門は、和田の所まで小吉の様子を見に行ったり、八島のもとを訪ねて、拐かしの折のことを聞いたりしていた。

八島は吉右衛門とは初対面だったが、以前からの知り合いのように深々と頭を下げた。それどころか、

「ご無沙汰しております。その節は大変、お世話になりました」

と挨拶の言葉をかけた。

吉右衛門にはまったく覚えがないので、その振る舞いに戸惑った。

「御旗本の高山和馬様が訪ねてきたときに、側役として奉公している者の名が、吉右衛門というのはチラッと聞いた気がしますが、まさか、ご隠居様とは存ぜず、大変、ご無礼をしてしまいました」

「誰かと間違えておらぬかね？」

「あなた様がお忘れになっても、ご恩を受けた私はしっかり覚えております。しかし、色々とあって御礼もせぬままに……不義理をどうか、お許し下さいませ」

丁寧な態度で、いま一度、八島は頭を下げた。吉右衛門は本当に覚えがない。

「貴殿のことは、和馬様から聞いておりますが、私は一度も……」

「あ、いえ。申し訳ありませんでした」

八島は気遣いをするように、周りを見廻してから、

「隠密裡に動いていることは百も承知しております……誰にも話したり致しませんので、どうか、ご安心下さいませ」

と声を低めた。

やはり誰かと間違っていると吉右衛門は思ったが、「ま、いいか」と思った。

見た目が泰然自若としているせいか、よく一角の人物が身を隠して、町場で暮らしていると誤解されるが、それはそれで好都合のときもあるので、これ以上、否定はしなかった。ただ、誰と間違われているかは、気になった。

「高山様にも粗方、申し上げましたが、『丹波屋』であった拐かしについては、隠していたことがあります」

何もかも正直に話すとでも言いたげに、八島は真剣なまなざしを向けた。

「私は『丹波屋』の主人、諭吉が、息子が拐かされたと訴えてきたとき、たまさか自身番におりました。すぐさま探索に出向いたのですが……拐かし一味にいつも先手を取られるのです。脅し文などを見て、何もかもが筒抜けなのかと思うくらい」

「それが事実だった……」

吉右衛門が聞き返すと、八島は溜息混じりに頷いて、

「ええ。そのとおりです。捕方や岡っ引なども用意周到に動いていたのですが、金の受け渡しの折、こっちが潜んでいる場所ですら、すべて相手は分かっていた」

「つまり、探索する側に、拐かし一味の仲間がいたと……」

「それも疑いましたが、後で分かったのですが、主犯が諭吉自身だということです」

「はい。そのことは、和馬様からも聞きました。〝狂言〟の疑いがあると」

しっかりと頷いた八島の顔が、異様なほど紅潮してくるのが分かった。

「――私は、十手にかけて、探し廻りました……実は私にも倅がひとりおりましたが、豪雨のとき、氾濫した川に流されるという水難に遭いましてね……子を失う親の悲しみは痛いほど分かってました」

「そんなことが……お気の毒に……」

「ですから、諭吉やおそのの悲嘆に暮れる姿を見るにつけ、なんとしても小吉を助け

出したいと思ったのです」

八島は、奉行所に休みの願いを届け出てまで、僅かな手掛かりを頼りに、あちこち探し続けたという。半年経ち、一年が経っても、小吉の行方は杳として分からなかった。

「ですが、二年目に、諭吉が飲み屋の女と駆け落ち同然に姿を消したとき、脳裏に何とも言えぬ違和感というか、嫌な予感が浮かんだんです。それで、諭吉の行方を探しました。すると……」

「もしかして、上総の木更津かね？」

「どうして、それを……」

「今、和馬様が出向いております」

吉右衛門は事に至った経緯を簡単に話して、小吉が八劔八幡宮にいたであろうことも伝えた。八島も頷いて、

「おっしゃるとおり、小吉はその辺りにいた節があります。ですが、諭吉は生まれ故郷には帰っていなかったのです。飲み屋の女の実家のある宇都宮の方に逃げたようなのですが……まさしく偶然、木更津の八劔八幡宮の近くに、小吉は暮らしていたんです」

「偶然……？」

首を傾げる吉右衛門に、八島は話を続けた。

「こういうことです……諭吉は、自分の息子の拐かしを、故郷の幼馴染みに頼んだ……銀次郎（ぎんじろう）という遊び人です」

「身代金を払ったことにして、借金を猶予して貰った上で、店を畳む腹づもりで」

「そうです。諭吉は、銀次郎という奴に、身代金の半分をやり、残りは自分が持っていた。けれど、すぐに姿を消したら怪しまれるので、しばらくは江戸にいたんです」

「子供のことは、どうしたのだね」

吉右衛門はそっちの方が気がかりだった。

「銀次郎は遊び人ですが、子供あしらいがうまく、自分の子として預かっていてもいいと、請け負ってくれたらしいのです。その銀次郎には、たしか……お君（きみ）という女がいて、ふたりの子として育ててもよいと」

「なんと……諭吉は自分の子を、そういう形で捨てたのか」

暗澹（あんたん）たる気分に、吉右衛門は陥（おちい）った。

「その手の親はたまにいるものです……江戸には捨て子がよくいますからね」

通りのあちこちには、迷子札があるほどだった。それでも親が現れることがなければ、町名主らが預かって、育ての親を探して引き受けさせるのである。

「で……八島さん。あなたは、その銀次郎とやらに会ったのかね」

問いかける吉右衛門に、すぐに八島は答えた。

「私が訪ねたときは、まるで仲の良い親子三人にしか見えなかった。拐かしには他に二人ほど仲間がいたようだが、分け前を貰って、何処かへ行ってました」

「捕らえなかったのかね、ふたりを」

「それなんですがね……銀次郎とお君は、諭吉に頼まれてやったことだと、意外にすんなり白状したのです。ですが……」

八島は胸を掻き毟るように、自分の襟を摑みながら、

「肝心の小吉が、『帰りたくない』とハッキリと言って、お君にしがみついたまま、離れようとしないのです」

「亀甲柄の着物の女、だな」

「え……？」

「いや。それで、どうしたのです」

「そのふたりを拐かし一味として捕らえてしまえば、小吉はどうなるのだろう……と思ったのです」

短く息を吐いて、八島は項垂(うなだ)れた。

「だって、そうじゃありませんか……なんだかんだと二年も、ふたりは親として過ごしてきたんだ。小吉は五歳になっていたけれど、三歳のときの記憶が残っていて、『家には帰りたくない』と言うのだから、よほどのことがあったと、察しました」

「余程のこととは……虐待だね」

「さすがは、ご隠居。ご存じでしたか。

「母親のおそのも認めたよ。随分と酷い仕打ちをしたってことをね」

拐かしたとき、体中に受けている傷や青痣を見て、唖然としたといいます。もし、お上(かみ)に見つかったら、自分たちがやったと誤解されるのでは……それほど、酷いものだったと」

八島は俄にふたりの話を信じたわけではないが、何より小吉自身が、ふたりのことを本当の親だと信じて暮らしていることに、少しばかり安堵した。

「それで、情けをかけたんだね……拐かしの罪は見て見ぬふりをして、銀次郎とお君を許してやった」

「許してやる……というほどではありませんが、ふたりに小吉の面倒を見ると約束させ、岡っ引ふたりを見張り役につけて、私は江戸に戻って、おそのを調べ直し、諭吉の行方も追いました……ですが、その諭吉が……」

不安げな顔になる吉右衛門に、八島は自業自得だと言わんばかりに、

「逃亡先で、地廻りのやくざ者と喧嘩の末、殺されてました。どうせ、死んでよかった人間ですよ」

と言った。

殺されてよい人間などいるわけがない——と吉右衛門は言いかけたが、それは言葉にしなかった。八島も辛そうにゴクリと息を飲み込んで、首を横に振った。

「……諭吉のことは、おそのには伝えませんでした……ろくでもない母親とはいえ、子供の帰りを待っているから、何となく不憫に感じて、言いそびれたというのが、正直なところでしょうかね」

「ふむ……八島さんは、同心には向いてない性分ですかな。いや、子供を失ったからこそ、情けをかけたのか……」

「そんな上等な計らいではありませんよ……おそのも同罪だ。帰ってくるはずのない子を、いつまでも待ってるがよい……そんな底意地の悪い思いが込み上げてきましてね……」

八島は深く長い溜息をまたついて、銀次郎とお君のことを話した。

「このふたりは、岡っ引の目を盗んで、姿を消したんです……小吉も一緒に」

「一緒に……」

「もちろん、探しました……ですが、分からなかった……いえ、何処かで幸せに暮らしてるなら、もうそれでいいのではないか……そんなふうに思うことにしたんです」

「だから、同心を辞めたのだね……罪と知りながら、あえて逃がす真似をしたから」

「——ありがとうございます。でも、これも上等な心がけじゃありませんよ。私がどういう人間か、よく分かってらっしゃるでしょ、ご隠居さん……」

その後、何を言おうとしたのか、吉右衛門には分からなかったが、やはり誰かと勘違いしているとしか思えなかった。

八

八島の話を裏付けるように、和馬が色々な証拠を木更津から持ち帰ってきた。なぜだか嬉々としている様子に、

「和馬様は、まこと他人のことになると、一生懸命になりますな。自分には何の得にもなりませぬのに」

と吉右衛門は声をかけた。

「自分に良いことがあって嬉しいのは、当たり前のことではないか。困った人が救われれば、その方がもっと楽しい」

「楽しい……？」

「人が幸せになる。それこそが、本当の喜びだ。此度の一件も、おまえのお陰で目からうろこだった」

「私のお陰……ですか」

「ああ。私は大勢の人々を救うことだけではなく、目の前のひとりを救うことが大切だと思っていたが、ついつい忘れがちだった。だが、吉右衛門……おまえは、たったひとりの頭の弱い子を救おうとした」

「頭が弱いのではありません。まだ、自分でも分かってないだけです」

「はは、そうだったな。とにかく、八劔神社では、幾つかのことが分かった。拐かしに手を貸した奴らのことだ」

「銀次郎とお君のことですな」

「どうして、それを……」

「八島さんもあれこれ話してましたが、小吉が帰ってきたことで、そのふたりのことが気がかりだったようです」

吉右衛門の話を先に聞いてから、和馬も仕入れたことを伝えた。銀次郎とお君という夫婦者は……実際、祝言を挙げたわけではないが、近所では夫婦だと思われていたという。銀次郎は元々は漁師だったが、少し悪い道に入って、賭場通いをするようになった。

悪運強く羽振りが良くなったこともあり、三、四人の若い衆を連れて、宿場の用心棒紛いのこともしたことがある。一端の親分面をしていたが、本物の極道者にはなれなかった。

諭吉に拐かしを勧められたのは、そんな時期だった。金に困っていた銀次郎は渡りに船とばかりに、ふたつ返事で請け負った。父親が〝狂言〟でやるのだから、自分は罪にならないと踏んだのだ。

しかし、思いも寄らぬことが起こった。小吉が懐いて、人質から解放しても、これ幸いと帰りたがらないということだった。三歳児のことだから、いずれ親が恋しくなって泣くだろうと思っていたが、親子の真似事をしているうちに、すっかり本物の子のように可愛くなったという。

「この話は、銀次郎の子分だった、伊蔵という奴から聞いた話です。でも……」

ある時、江戸から北町同心の八島が来てから、様子が怪しくなった。自分たちは拐かしの罪で捕らえられるのではないかと、不安な毎日を過ごすようになった。拐かしは死罪である。たとえ、父親の〝狂言〟だとしても、手を貸したのは事実だ。八島の気が変われば、自分たちも只では済まないと怯えるようになったのだ。

「それで、見張りの岡っ引の目を盗んで、逃げたのだな」

吉右衛門が言うと、和馬は肩透かしをくらったように話すのをやめた。

「そこまで知ってたのか……」

「いいえ。その後のことは、八島さんも知りません。ふたりのことも、小吉が何処で、どう暮らしていたのかも」

「であろうな」

そう言ってから、和馬は「俺は知ってるぞ」と言わんばかりに微笑んで続けた。

「銀次郎は船の扱いには慣れているから、お君と小吉を連れて相模(さがみ)に渡り、そのまま小田原(おだわら)城下の方へ逃げたとのことだ」

小田原にも立派な八幡神社があると、吉右衛門はぼんやりと思った。小吉はその城下でも、〝算額〟を見ていたのかもしれぬ。

「そこからは、伊蔵にも何の報せもなかったが……去年の暮れに、銀次郎から文が届いたらしい」

「銀次郎から……」

「そこには、お君が流行病になって死んでしまったから、ひとりで育てるのも辛い。小吉を諭吉に返したいから、何とか繋いで貰いたい……と書かれてたらしい」

「随分と身勝手なことですな……」

「でも、伊蔵も拐かしの仲間だったから、一応、ツテを頼って諭吉に報せようとしたが……その時には、もう喧嘩で死んでた」

「──なるほど……それで、母親のおその元に連れてきたってわけか」

吉右衛門が得心したように頷いたものの、不満が込み上がってきた。

「何年も連れ添った女が死んだとはいえ、小吉の父親同然の暮らしをしていたのだから、面倒を見てもよさそうだがな」

「俺もそう感じたが……伊蔵の話では、小吉は、お君のことを本当の母親と思って暮らしてきたから、死んだときには何日も泣いていたとか」

「………」

「その衝撃のせいか、口がろくにきけなくなって、三歳のガキに戻った……そんなことも、銀次郎の文には書かれてあったそうな」

だから、手に負えなくなった銀次郎は、江戸まで来て、母親のおそのの長屋に捨て置いて、姿を晦ましたのだろうと、吉右衛門は思った。何にしろ、可哀想なのは小吉である。大人たちの勝手な都合で、人生の最も大切な育ち盛りを弄ばれたのだ。

「銀次郎とやらも幾ばくかの責任はある。町奉行所をあげて、探して貰わねばなりませぬね、和馬様」

「ああ、そうして貰おう」

「で……小吉の方は如何しますかな」

「母親として慕っていたお君が亡くなった……だが、生みの母親と会っても、心の痛みは治らず、言葉や態度も幼いまま……どうしたらよいものか……」

和馬も母親は幼い頃に亡くしているから、恋い焦がれるが、酷い仕打ちを受けた小吉からすれば、今も怖い母親に違いない。大きくなったとはいえ、まだ十歳の子供だ。これからのことが思いやられると、吉右衛門も思っていた。


そんなある日のこと。

吉右衛門が和田寧の屋敷を訪ねると、元気な子供の声が聞こえてきた。潑剌とした明るさから、小吉とは思わなかったが、当人であった。文机に向かって算盤を弾いている姿もまるで別人のようで、表情も豊かになっていた。

「――直径が百間の円錐の屋敷があるとする。図のように平行な二本の弦によって分割し、三人の兄弟に、その面積が二千九百坪、二千五百坪、二千五百坪に分けたい。このときの弦の長さと矢の長さを求めよ」

円形の図を掲げながら、和田が小吉に対面で問いかけている。吉田光由（よしだみつよし）という和算家が記した『塵劫記（じんこうき）』に載っているものだ。この著作は、命数法や単位、九九などの算数の基礎から、面積の求め方などを説いており、寺子屋の教科書とされていた。

その中でも難問中の難問を、小吉は解こうとしているのである。和田も常々言っていたことだが、算盤が速くて巧みなのと、答えまでの道筋を考える力は別のものである。

「いやはや、小吉は算盤こそ、ろくに置けないが、大したものでございます」

和田は吃驚仰天したと、嬉しそうに吉右衛門に言った。

小吉の集中力は物凄く、一生懸命に考えていた。今で言えば、四次方程式を解く力がいるのだが、小吉は何か閃いたのか、自分なりに図式に補助線を入れたり、数式を書いたりして、正解を和田に伝えた。

感心して見ていた吉右衛門に気付いた小吉は、

「これは、ご隠居様……いらしてたのですか」

　と大人びた表情で振り向いた。

　吉右衛門は図形問題を解いたことよりも、つい先日までの幼さがまったく消えている小吉の態度に驚いた。

「まこと凄いな、小吉は……」

「楽しいです。色々と考えても、正しい答えが分からなかったけど、和田先生が丁寧に教えてくれるので、とても嬉しいです」

「小吉……おまえ……」

　言葉遣いが流暢で、三歳児のような拙さはまったく消えている。和田は小吉の肩を親しげに叩きながら、

「ご隠居の杞憂でしたかな」

「え……？」

「子供というものは、獣に育てられたのでもない限り、自然に言葉を覚え、使うようになるものです。頭の中では分かっているけれど、何か心に痞えるものがあったからでしょうな」

「………」

「小吉が幼児のような話し方だったのは、拐かしのこともでしょうが、大切なものを失った悲しみからきているのかもしれません」

「大切なもの……」

もしかしたら、お君の死が心を苦しめ、言葉が出にくい症状が出たのかもしれぬと、吉右衛門は思った。だが、算術に夢中になることで、その痞えが取れたのであろうか。

「実はな、小吉……おまえの母親が、いま一度、会いたがってるのじゃ。無理にとは言わぬ。気が向いたら、一緒に参らぬか」

「はい。今すぐにでも」

意外とあっさりと、小吉は同意した。何か言おうとした吉右衛門に、和田は、

——思うがままにさせたらいい。

と小さく頷いた。それが、子供にとって一番大切なことだと考えていたのであろう。算学に秀でているだけでなく、教育者としての心得も優れていた和田に、吉右衛門は深く感謝した。

湯島天神から神田までは目と鼻の先である。

小吉は待っている母親の所に、吉右衛門と一緒に来た。おそのは髪を整え、うっすらと化粧をして、まるで恋人にでも会うかのように緊張していた。

「長い間、ご心配をおかけして、ご苦労をかけました、おっ母さん」

ハッキリした口調で、小吉は挨拶をした。

「えっ……」

おそのの方が狼狽(ろうばい)したように、口ごもった。つい数日前の様子や態度と、がらりと変わっているからである。

「ご隠居様から色々と話を聞きました。拐かされた頃のこととか、店のこととか、お父っつぁんのその後のことやら……」

「そうかい……こっちこそ、御免よ……せっかく帰ってくれたのに、私、どうしてよいか、その……」

言いかけて唇を噛んだおそのは、その場に土下座をするように座り、

「ごめんね、小吉。悪いおっ母さんだった。とんでもない親だった。あんな小さな子を叩いたり、つねったりして、悪かった。勘弁して下さい。どうか、どうか」

と、ひたすら謝った。

小吉は微笑みながら見ており、しゃがんでおそのの手を取った。

「謝らなければいけないのは、俺の方だ。こうして待ってくれてるなんて、思ってもいなかったよ……どうせ邪魔な子だと」

「そんなこと……」

「でも本当は、心の中では、おっ母さんやお父っつぁんはどうしているだろうって思ってたんだ。でも、『帰ってなんかやるもんか』って、なんでか、そう思ってた」

「小吉……」

「俺を拐かした銀次郎さんとお君さんは、本当の親のように可愛がってくれた。これにも感謝してる。でも、どれだけ可愛がってくれても、本当の親のことは忘れられない……俺は三つだったけれど、お父っつぁんやおっ母さんのことは……思い出さない日はなかった」

「………」

「たしかに、怖い思い出もあったけど、会いたくて会いたくて仕方ないときもあった。だけど、お君さんに悪くて言えなかった……そんなときは、〝算額〟を見て考えてたんだ。そしたら、なんもかんも忘れられてね」

小吉がそこまで話したとき、おそのは思わず両手で覆い被さるように抱きしめた。

一瞬、戸惑った小吉だが、素直に腕に力を入れて、目を閉じた。

「──温（あ）ったけえなあ……」

しばらく抱擁し合って、うっすら涙を浮かべるふたりを、吉右衛門は頷きながら眺

めていた。すると、照れ臭そうに、おそのがゆっくりと離れて、

「あ、そうだ……小吉のために作っておいたんだよ」

「俺のために……」

「きな粉餅だよ。おまえ、大好物だったからさ。さあ、お入り」

厨(くりや)に招き入れて、皿を差し出した。そこには、餅というより、あられのように小さく千切ったものだった。

「お食べ。餅もきな粉も買ってきたものだけどね。砂糖をまぶして、甘くしてるから、ほらほら、遠慮なく」

小吉が戸惑ったように皿を見ていると、おそのはアッと口に手を当て、

「そうか……そうだよね……大きな餅のままでよかったんだよね……はは、小さくしないと喉(のど)に詰めちゃいけないと思ってさ」

と自分から笑った。

「もう三つじゃありませんよ」

そう言いながらも、小吉はパクリと食べた。

「ああ、おいしい……懐かしい味だ」

続けて口に運ぶ小吉と、それを見て喜ぶおそのを見て、吉右衛門はほっと胸を撫で

下ろした。和田の私塾までは、ひとりででも歩いて通える所だ。

「おそのさんや。あなたは偉大な算学者の母親になるに違いない。小吉は余人が味合わぬ苦労をした。罪滅ぼしのつもりで、せいぜい美味しいものを沢山、作ってやることだな」

「はい……ありがとうございます……」

おそのは感謝の目で頷いた。その瞳は母親らしく、麗しく濡れていた。

第二話　逢魔が花

一

富岡八幡宮の一角には、菖蒲の花が咲き乱れていたが、今日は〝女形〟という花が美しく開いている。

勧進相撲の興行がされることで有名な神社だが、年に何度か宮地芝居も執り行われる。宮地芝居とは、小屋掛け芝居と呼ばれる庶民が楽しむもので、官許である歌舞伎と違って、木戸銭も百文ほどで気楽に通うことができた。

しかも、物語もお涙頂戴ものから、馬鹿馬鹿しいお笑いまで、色々取り合わせており、歌舞伎のようにさほど教養がなくても堪能できる。武家のご新造や商家のお内儀らは贔屓の歌舞伎役者を眺めるために、足繁く芝居街に通う。だが、境内に簡素に建てられた小屋の芝居は、長屋暮らしの人々の憂さ晴らしには丁度良かった。

――ドンシャン、パラパラ、ドンシャン、パラリン、ピーヒャララ。デデン、デデン、ドンシャン、パラパラ……。

太鼓に笛、三味線の音が威勢良く鳴り響き始めると、表参道から大鳥居を抜けて、花魁道中さながらに、提灯持ちや禿を引き連れて、高下駄を履いた女形役者が、美しい外八文字を踏みながら歩いてきた。

「待ってました！」

「よよ！　花丸藤十郎！　天下一！」

「綺麗綺麗！」

「大好きよ。こっち向いて！」

あちこちから好き勝手な声がかかる。歌舞伎の花道道中と違って、大向こうからの掛け声も、どこか品性に欠けるものがあるが、それすら笑いや拍手で歓迎されていた。

芝居小屋は、丸太組みにヨシズやムシロを張っただけの粗末なものだ。旅芸人なので、短い興行と移動のために、時も手間もかけられないからだ。

歌舞伎をやる芝居小屋は、幕府のお墨付きである櫓を屋根に掲げており、舞台は引幕である。だが、宮地芝居は、上に巻き上げる〝緞帳〟しか使うことができない。

ゆえに、宮地芝居の役者は、下っ端という意味合いで、緞帳役者と呼ばれていた。

それでも人気のある役者は、勘三郎や団十郎のように贔屓客が集まり、ヤンヤの大声援となるのである。此度の〝顔見せ道中〟も、表参道の両側や境内には、一目あやかりたいと山のような人だかりである。

庶民が喜ぶネタの中には、御政道批判もある。人々の不満の呼び水となることにもなり、何かと世の中に影響が強いため、宮地芝居は水野忠邦による、後にいう「天保の改革」では弾圧されていた時期もあった。

だが、北町奉行・遠山左衛門尉景元は若い頃に、芝居小屋で働いたこともあるほど大の芝居好きだから、湯島天神や神田明神など江戸でも興行をしていた。もっとも、宮地芝居を差配しているのは、寺社奉行である。

歌舞伎や相撲興行に見られる幟旗も、宮地芝居では禁止されていたが、罰則はなかった。しかも、寺社奉行に許しを得ておれば大丈夫であるから、興行をする間は、表参道にも境内にも、『花丸藤十郎一座』の勘亭流で染め抜かれた幟が、優雅にたなびいていた。

もっとも、人気を博するためには、座長だけではなく、十数人はいる座員たちの芸にかかっていた。下手な三文芝居であれば、客は寄りつかず、嫌がらせに小屋に水を掛けられたりもした。人気役者ならば、百日も芝居を打つが、不人気な旅芸人は三日と保たない。それだけ、江戸っ子の芝居を観る目が肥えているということである。

花丸藤十郎の艶やかで華やかな〝女形芝居〟は、若い娘や長屋のおかみさん連中だけではなく、男衆にも莫大な人気があった。贔屓筋は、一流の歌舞伎役者並みに接待をし、金銭的な後ろ盾にもなっていた。

それほどの大役者なのに、気取ることもなく、自分たちのことは世間の中でも最も下層の者だと称する。物乞い同然だが、

――芸をひとつお見せして、なんとか人間らしさを保ちつつ、お芝居を通して世間に恩返ししている。

というのが、花丸藤十郎一座の心がけていることであった。座長の藤十郎に、人に言えぬような苦労があったればこそである。

小屋入りする花魁姿の藤十郎を一目見ようと、集まった群衆の中に、場違いな様子の老女がいた。

白髪交じりの髪は後ろに束ねただけで、継ぎ接ぎだらけの着物に帯も擦り切れ、色褪せていた。いや、老婆に見えたが、皺が少し多くて肌が荒れているだけで、実はまだ若そうだ。せいぜい三十半ばであろうか。

それでも、他の客に比べてみても、明らかに貧しそうであった。百文の木戸銭すら持っていないように見えた。

「邪魔だよ、あんた。どきなさいよ」

女は乱暴に後ろから押されて、よろめくように石畳に転げた。

目の前に来る藤十郎の美しさに比べて、見窄らしいとしか言いようがなかった。藤十郎の目の端に、その女の姿が入ったかもしれないが、凜然と前を見据えて、堂々と〝外八文字〟で通り過ぎた。

「はあ……」

溜息をつきながら、女は倒れたまま藤十郎を見送った。そこへ、「藤十郎様、藤十郎様！」と駆け寄ってきた若い娘らが、女を踏みつけたり、足蹴にして人気役者に近づこうとした。群衆の心理なのか、我先にと押しかけていった。

立ち上がろうにも、もみくちゃになって、また踏み倒されそうになった。その女の腕を摑む者がいた。

あっと振り返ると――そこには、ご隠居姿の吉右衛門が立っていた。

「まったく、危ないことをする人たちだねえ」

情け深い声をかけながら、吉右衛門は着物に付いた土埃を払ってやった。女はバ

ツが悪そうに苦笑いして、

「いえ……私が悪いんです……どうも、ありがとうございます」

と頭を下げると、逃げるように立ち去ろうとした。

「お待ちなさい。あなたも、花丸藤十郎の贔屓なのでしょう。よろしかったら、これから始まる芝居を一緒に見ませんか」

「あ、いえ、それは……」

「遠慮なさらずともいいですよ。富岡八幡宮の宮司は知り合いでしてな、初日は只で入ることができることになってるのです」

「本当に結構でございます。お気遣いどうもありがとうございました」

貧相ないでたちに比べて、丁寧な物言いである。何か深い訳でもあるのだろうと、吉右衛門は勘繰った。また余計なお節介の虫が腹の奥で鳴いたのだが、そのとき、

「どきやがれ！」と乱暴な声がして、数人の地回り風の男たちが来た。

「こんな所にいやがったか。芝居見物なんざ、十年早いんだよ」

強引に女を引きずっていこうとするのを、吉右衛門は割って入って止めた。

「なんなのですか、あなた方は」

「どけ、爺さん。おまえこそ、関わりねえだろうがよ」

目に刃物傷のある兄貴格が、わざと強面を突き出して脅してきた。

「せっかく花丸藤十郎の小屋入り道中を楽しんでいるのですから、邪魔をするとは粋ではないですねえ」

「この興行も預かってる『竜神一家』といえば、文句があるめえ」

「さようですか。ならば尚更、ささやかな楽しみを奪わないで下さいまし」

「うるせえ、どけ。爺イ」

背後から弟分のひとりが背中を突き飛ばした。かにみえたが、寸前、避けると、弟分はたたらを踏んで兄貴分の顔を殴った。

「なに、しやがる！」

兄貴格は吉右衛門の方に摑みかかろうとすると、それも避けて足蹴にし、女の手を引いて、藤十郎の行列の方へ駆け出した。怒声を浴びせながら、ならず者たちは追いかけたが、ぶつかった人々たちが騒いだ。

鳴り物がやんで〝花魁道中〟も停まった。

「――何事です」

振り返った藤十郎に、ならず者たちは仕方なさそうに頭を軽く下げて、大人しく着物の裾をはしょりながら退散した。

「？……」

藤十郎は一瞬、おやっという表情になって、吉右衛門と女の姿を凝視した。思わず女は顔を伏せ、なぜかその場から立ち去ろうとした。その弾みで、吉右衛門の手を思い切り引っ張った。

ゴキッ――と骨が外れるような音がした。

「あたた……あたた……こりゃ、たまらん……あたたた」

吉右衛門が激痛を訴えながらしゃがみ込むと、藤十郎が心配そうに見守っていたが、北町同心の古味覚三郎と岡っ引の熊公が駆け寄ってきた。そして、吉右衛門の顔を見るなり、

「なんだ、あんたか」

と古味は顰め面になった。

「騒ぎが起こったから何かと思ったが、来るんじゃなかった」

悪態をつきながら、藤十郎の方を見やって、

「どうぞ、お続けなさって。後始末はしておきますから」

と馬鹿丁寧に、古味らしくない態度で事を収めた。どうせ、一座から〝用心棒代〟でも貰っているのであろう。

「あたた……あいたたた……」

　まだ苦しんでいる吉右衛門の肩を軽く叩いて、

「どうせ芝居だろう。あんたの手口は先刻承知の助。わざとやられるふりをして、あいつらを追っ払ったんだろう」

「ち、違う……本当に、か、肩が……」

「ご隠居さんよ。いくら旗本に仕える身でも、『竜神一家』には逆らわない方がいい。命を縮めるだけだぜ。残り少ないんだから、せいぜい大事に取っときな」

「いたた……今の女は……ど、何処に行きなさった……」

　姿が見えなくなった女を、吉右衛門は心配そうに目で探していると、熊公が答えた。

「女郎なんか、ほっときな」

「――じょ、女郎……」

「しかも年増の夜鷹だ。どうせショバ代を払ってねえから、地廻りに責められてたんだろうよ。関わらねえ方がいい」

　吐き捨てるように熊公が言うと、古味も薄笑いを浮かべて立ち去った。

「旦那方。それでも、お上に仕えている身かね」

　吉右衛門は声を投げかけたが、ふたりとも振り向きもしなかった。

片や、囃子(はやし)の音とともに藤十郎の後ろ姿が遠ざかる。吉右衛門は「痛たたた」と顰め面になって見送った。

二

「脱臼(だっきゅう)ですね、これは」

深川診療所の一角で、骨接ぎをしている千晶は判断して、手当てをしながら、

「ちょっと痛いけど我慢して下さいね。肩が外れるのは、突然起こりますから、無理しちゃいけませんよ」

「引っ張られたんじゃよ」

「誰にです」

「夜鷹とやらに……いてて……」

「あらあら。お年の割にはお盛んなのでございますね」

「違う……あ、痛い、痛い……もっと優しくしてくれんかのう」

さしものご隠居でも、我慢できない激痛のようだ。

「肩関節の脱臼ってのはね、ご隠居さん。この肩甲骨に対して、上腕骨(じょうわんこつ)がちゃんと

した位置ではなくなるからなんです。この肩関節はね、肩甲骨の関節窩という受け皿みたいになってる軟骨に、上腕骨頭という、玉みたいな丸い軟骨が向かい合っているんですよね」

「あたたた……講釈はいいから、は、早くどうにかしてくれい……」

「このね、お皿が傾いたら、玉が転がって落ちちゃいますよね。これが脱臼というの」

「落ちちゃいますよね……じゃなくて……あ、いたた……」

「でも、下半身の股関節。こっちは、お皿ではなくて丼みたいな形だから、なかなか玉は外れませんからね。お爺様になっても、容易には脱臼しないのね。でも、肩の方は癖になっちゃうから……」

「ちゃうからは、いいから……早く……あ、痛い、痛い……」

悲痛な声を上げている間に、ガツンと少し衝撃があって、脱臼が治った。不思議と痛みが俄に和らいだ。

「あ、ああ……」

ほっと溜息をつく吉右衛門に、ニコリと千晶は微笑みかけながら、

「関節唇っていうのを取り囲むように縁取ってる、お皿に深さを与えている軟骨が剝

がれてしまうのですよ。だから、癖になっちゃうんです。無理しないで下さいね」

「年は取りたくないのう……」

「若い人でもなりますよ。とにかく一月くらいは安静にしておくことですね。お得意の大工仕事もしばらくお預けですね。うふふ」

「うふふって……おい……」

千晶は手際よく三角巾を付けて、腕を固定するのであった。

「治っても、しばらくは大きく動かせないから、気をつけて下さいね」

孫くらいの娘にからかわれながらも、適切に治療してくれることに、吉右衛門は感謝した。それにしても、まだ若いのに産婆をしながら、骨接ぎまでやるとは立派なものだと、誉め称えた。

「おまえさんのやる仕事は、大宝、養老の治世に『医疾令』というのが制定されてからある古い仕事だ。その中に、骨関節損傷を扱う医者がおるのだ」

「そうなんですか？」

「ああ。『医心方』という我が国最古の医学書にも記されていることじゃ。その後、戦国の世には金創医という医師がおって、気付や血縛はもちろん、創傷を縫合したり、骨折脱臼の整復を行ったのじゃ。その頃に、鷹取流とか吉益流という骨接ぎの流派が出始めた」

「はあ……」

「元和年間に、中国から長崎に逃げてきた陳元贇という者が、中国拳法と明国の医学書をうまく整えて、〝柔術〟として広めたのは知っておるのう。柔術は元々、攻撃法と救急処置法が表裏一体だったのだが、戦国の時代に格闘術の方だけが残って、今じゃ応急法が蔑ろにされておる」

「さすが、何でも物知りで……でも、自分では肩を治せませんでしたね。ご隠居の方が講釈を垂れてますよ。次の患者さんがおりますので、井戸端会議はまたにしましょうね」

　暇を持て余している年寄り扱いをして、千晶は退散を命じた。

「そうだな。これは失礼致した。持ち合わせがないので、礼といってはなんだが、これを置いていく」

　木札を一枚差し出すと、千晶は目を輝かせて手に取った。

「これって、花丸藤十郎一座の木戸札じゃありませんか。なんでご隠居さんが……」

「おやおや。千晶先生も贔屓でしたかね」

「先生だなんて皮肉はやめて下さい。それより、本当に戴いてよいのですね」

「ああ。その一札でふたりが入れるから、誰か連れていってあげるとよろしかろう」

「はい。そうします！　うわあ、嬉しい！」

思いがけず飛び跳ねるように喜ぶ千晶を見て、やはり素直な若い娘だなと思った。


その翌日の初日の興行には、小屋の表は満員御礼の札が垂れていた。

歌舞伎の芝居小屋のような枡席(ますせき)があるわけでもなく、二階席や大向こうもない。ただ、茣蓙(ござ)を広げたような土間に、観客はごった返していた。もっとも、富岡八幡宮の表参道には、芝居茶屋代わりに立ち寄れる店が何軒もあり、案内役もしていた。

千晶は髪を綺麗に結い、銀の簪(かんざし)をつけている。娘らしく華やかな振袖を着込んで、にこやかに微笑(ほほえ)んでいる姿は、いつも険しい顔で走り廻っているのとは別人のようだ。

その隣には、高山和馬がいた。千晶が誘ったのである。

「驚いたよ……」

「お芝居はお嫌いですか」

「いや、そうではなくて……馬子(まご)にも衣装というが、まさしく……だな」

「なんと言われても構いません。こうして、和馬様と一緒に芝居見物ができるなんて、夢のようですわ」

「木戸札は吉右衛門から貰ったものであろう」

「はい、そうですが？」

「なんだか、損をした気分だな」

「あれ、どうしてですか。そんなに私と一緒じゃ、お嫌なのですか」

　言葉遣いもいつもと違うので、和馬は調子がおかしくなってきた。

「吉右衛門は浄瑠璃が大好きでな、義太夫の真似事もよくしているが、芝居にも目がないのだ。脱臼ごときで、花丸藤十郎の芝居を譲るとは、気前がいいと思ってな」

「脱臼如きって……もし私が診てなかったら、今頃もずっと痛んでたかもしれないわ」

「すまぬ、すまぬ。千晶を馬鹿にしたわけではないのだ。どうせなら、吉右衛門に見せてやりたいと思ってな。千秋楽まで木戸札はもうないらしい」

「そうなの？　ああ、よかった」

　屈託のない笑みを浮かべると、さりげなく千晶は和馬に寄り添った。少し避けるように離れると、和馬の肩や脇差しが隣の男に触れた。とっさに、

「これは相済まぬ。大丈夫ですかな」

　と謝ったが、隣の男は心ここにあらずの顔で、幕の上がらぬ舞台を凝視していた。

どこぞの商家の旦那風で、不惑の年くらいであろうか。上等な縮緬の羽織や着物を着ており、さりげなく帯に挟んでいる煙草入れも上等なものだった。

「おひとりですか……」

和馬が声をかけると、商家の旦那風は吃驚したように振り向いて、

「あ、ええ……これは、どうも……」

と曖昧に返事をして、また憂鬱そうな目で前方を見つめていた。

――どこか心が張り詰めている。かような様子の男は、誰かを攻撃したり、自刃をすることがままある。

心配になって、和馬はちらちらと横を見ていた。その袖を千晶が引っ張って、

「なにを、じろじろと……和馬様はそういうご趣味がありましたか……しかも、藤十郎のような色男とは程遠いですけどね」

「聞こえるだろ、こら」

「和馬様が私のことを見てくれないからです。少しぐらい気を遣って下さいよ。可哀想な人や困った人には、あんなにいっぱい情けをかけるのに……」

千晶が文句を言おうとしたとき、チョンチョンと柝が鳴って、人形浄瑠璃が始まるときのように、顔を隠した黒子が舞台袖に登場し、

「とざい東西……本日、お届けする演目は、『逢魔時未練花園』でございまする。思い焦がれる愛しの君と、不義密通の地獄の道行、悲恋の行方は如何に。ご存じ、花丸藤十郎がひとり二役にて、お披露目致して候。とざい東西、とざいとう……」

　と朗々と前触れし、柝を叩きながら舞台の袖に消えると同時に幕が上がり、下手にある格子窓の奥の〝楽屋〟から、三味線と太鼓が軽快に鳴り始めた。

　客たちはすでに芝居を観る姿勢で、無駄話はしなくなっているが、〝埃しずめ〟のヒョットコとオカメ顔の夫婦者が登場した。

「ほんと、おまえは不細工だな」

「何をおっしゃる。旦那様には負けますわいなあ」

「さようか？　オカメは見慣れるというが、十年連れ添っても、いやあ……ちっとも見慣れねえなあ」

　とヒョットコは歌舞伎のような見得を切って舞台の板を踏んだ。女房のオカメも負けてはおらず、女形のように艶やかなしなを作る。だが、それが顔に似合わないので、笑いをそそるのだ。

「おやまあ、私もびっくり驚いたじゃありませんか、初めて見たときは。お似合いの夫婦だと、仲人さんに誉められましたが、まさにそのとおりと納得致しました」

「言うたな、こら」

「でも、私は旦那様と一緒になって、三日も経たないうちに……諦めましたよ」

「なんと、それはまことか」

「はい。なるべく見ないようにしております」

「俺もだ」

「ならば、仲良く致しましょう。大体が、殿方は諦めが悪い。その点、女は覚悟を決めたら、何でも受け容れるものですよ」

　さりげなく今回の芝居の主題を語ったり、登場する役の紹介をしたりするのだ。

「それにしても、旦那様……私たちとは違って、金もあるし美しいのに、不幸になる夫婦ってのもいるのですねえ……ほら、やってきた、やってきた……どっちが可哀想なんでしょう、私たちと」

　ヒョットコとオカメが手に手を取って、剽軽に踊りながら上手に立ち去ると、下手から、花丸藤十郎が演じる手代・藤吉が登場し、爽やかな歌声を一節やった。

　客席からはヤンヤの拍手や掛け声が湧き上がり、芝居が始まった。

三

川越の宿場町から、芝居は始まる。

江戸から中山道を進み、板橋宿の平尾追分から、川越街道を十里三十四町余りで城下に至る。そこで、絹問屋を営んでいる『大黒屋』というのが、最初の舞台である。

真面目が着物を着ているといわれる主人の功兵衛は、三十路半ばの働き盛りの男だ。が、父親の儀右衛門は、まだ隠居をしておらず、店の一切は父親が仕切っており、息子のことをまだ半人前扱いしていた。

しかし、女房のお美津は、功兵衛には勿体ないくらいの器量よしで、人妻でありながら〝宿場小町〟と呼ばれるほどであった。

――このお美津の役も、藤十郎がやっているのである。

功兵衛は容姿は十人並みだが、あまりにも女房が美しいので、猪が鶴を嫁に貰ったようなものだと、よくからかわれた。だが、人一倍働き者で、しっかり者のお美津は、女房の鑑とも讃えられるほどだった。

お美津は城下外れにある養蚕農家の娘だが、折からの水害などで実家は仕事ができない状態が何年も続いた。食うや食わずの暮らしぶりだったため、女衒に連れ去られそうになるところを、功兵衛が大金を払って助けたのである。

そういう経緯から、父親の儀右衛門はあまり快く思っていなかった。

「嫁というものは、丈夫な子を産むでかい尻をしており、絶対に不義密通などせぬオカメに限るものだ」

と常々言っていた儀右衛門にとっては、〝理想〟ではない嫁だった。

働き者だった自分の女房は、牛を飼っているのかと商売仲間にからかわれるほどの大柄な女だった。功兵衛を含めて、五人もの子供を産み、それぞれが商人になったり、金持ちの所に嫁いだりしていた。

「わざわざ貧乏神を引っ張ってくることはなかったのだ」

何かにつけて、儀右衛門は嫌味を言っていた。それでも、お美津は健気に働き、文句ひとつ言わず、辛い仕事もしていた。

だが、儀右衛門は一切、認めようとしなかった。口を開けば、

「身売りされそこねた貧乏人だからな。いつ本性が現れるかもしれない。宿場町には泥棒も増えたし、困ったものだ」

と、いびり倒すようなことを言う。

功兵衛としては反論したいところだが、父親が機嫌を損ねたら、余計に厄介なことになるから、なるべく黙っていた。

「すまないね、お美津……親父は悪い人間ではないのだがね、丁稚奉公から始めて、自分で店を持ち、一代で築き上げたからね、融通がきかないんだ」

「分かってますよ、旦那様……私は拾っていただいただけで幸せです」

「拾ったなんて言い方をやめなさい。あの辻で出会ったのは、前世からの縁だ。ふたりは夫婦になるような運命だったのだよ。おまえは、そうは思わないかい」

「思います。思いますとも……だから、こうして、少しでも尽くしたいと思います」

「大丈夫だよ。そのうち左団扇で暮らせるようにしてやるから」

「そのようなことは露ほども望んでおりません。私は、旦那様と一緒だから、幸せなのです。こうしているだけで……」

平凡だけれど一緒に暮らせる。それだけでも、お美津にとっては極楽にいるよりも有り難いことだった。

だが、時折、儀右衛門は癇癪を起こした。商売人だから、取引先や客にはいい顔ばかりする。その分、内輪の者には厳しい面があったのだ。これは商売人の常ともいえよう。

事件はちょっとしたことから始まった。

帳簿が合わない、売り上げ金が足りないと、儀右衛門が騒ぎ始めたのだ。

「おまえが盗ったんだろう、お美津」

証拠もなく、いきなり儀右衛門は、お美津を責め立てた。すぐそばに、功兵衛はいたが、黙って見ているしかなかった。それどころか、父親を庇うように、

「親父は少し胃腑を患ってるから、おまえも気をつけてやってくれよ、お美津」

と言う始末だった。

帳場に座ることがないお美津に、金をごまかすことなどはできない。商い中は番頭や手代、出入りの商人が沢山いるので、小銭ですら奪うことはできないであろう。そもそも、金に困っているわけがなく、売り上げを誤魔化す理由などないはずだ。

「いやいや。生まれが卑しいからな。性癖というのがあるのだろう。腹が一杯でも、ついつい餅を盗み食いするようにな」

「私はそんなことは……」

「黙りなさい。私の目が節穴だと思っているのかね。おまえは、このところ、功兵衛の目を盗んでは、出歩いているではないか。その折、団子屋や茶屋で買い食いをしているのを、人様に見られているのだぞ」

「そのようなことは、しておりません」

「今日も出かけたではないか」

「仕立て屋や洗い張り屋に着物を取りに行っただけでございます」

「ならば、どうして功兵衛や番頭に断りを言ってから出かけないのだ。私が嫌いでも、一声くらいかけられるだろうに」

「申し訳ありませんでした。私の不手際でございました」

三つ指をついて謝るお美津だが、儀右衛門は容赦せぬとばかりに立ち上がり、

「白々しいことをぬかしおってからに！　おまえが何処で何をしているかくらい、先刻承知しておるのだ。正直に言えば、何も言わずに追い出してやる。逆らうならば、今すぐに、宿場役人に訴え出る」

と物凄い勢いで罵倒した。

さすがに功兵衛は驚いて、父親と嫁の間に入って、

「帳簿の間違いは私のせいでございましょう。ですから、これ以上はどうか……」

と止めようとしたが、儀右衛門は自分の息子を足蹴にした。

傍（かたわ）らにいた番頭や手代頭も思わず止めに入ったが、儀右衛門の真っ赤に紅潮した顔は鬼のようなままだった。

耐えられなくなったお美津は、泣きながら、下座に当たる店の奥に去った。思わず功兵衛は追いかけようとしたが、儀右衛門はきつい言葉で止め、帳場に座らせた。

「おまえは、あの女の美貌に目が曇って、算盤も弾けなくなったか」

「お父っつぁん、私は……」

「よく聞け、功兵衛。お美津が出かけるときは、必ず……必ず、手代の藤吉が一緒だ……その意味が分かるか」

番頭や手代頭も、「そういえば……」と顔を合わせた。

「お美津は、藤吉がうちに奉公に来たときから、色目を使っておった。十歳も年下の若い男を、色欲に駆られて手玉に取っていたのだ。一緒に出かけるふりをしてな」

「そんな馬鹿な……嘘です……」

まったく信じられないと功兵衛は首を振るが、番頭や手代頭もしだいに疑念を抱き始めて、事の真相をハッキリせねばという雰囲気が立ちこめてきた。

「藤吉！　そこにいるのは分かっているのだ。さあ、出てこい！　顔を見せろ！」

儀右衛門が一方を向いて怒鳴りつけると、上座に当たる店の土間の陰から、ゆっくりと藤吉が登場した。

——ほんのわずかな間に、女房のお美津から、手代姿の藤吉に〝早変わり〟した花丸藤十郎の登場に、客席からは拍手喝采が嵐のように飛んでくる。

見得をキチンと切った後、美男子の手代の藤吉は、涼やかな声で、

「大旦那様。何か御用でございましょうか」

「聞いておったくせに、白々しい。さあ、正直に吐け。おまえは、お美津に唆され
たのであろう。それとも、おまえの方から誘ったのか、この色男めが」

「誤解でございます。それとも、一緒に出かけているのは、お内儀の御身を守るがため。大旦那
様が考えているような……」

「考えているような、なんだ」

「不義密通など、断じてありません。そんなことを言っては、お内儀が、あまりに
……あまりに不憫でございます」

――ヨヨッと掛け声がかかる。

「私は天地神明に誓って、お内儀とはそのようなことはありません」

「そうか。ならば、おまえは本日にて奉公を辞めろ。何もないなら、黙って他の店に
行け。できれば川越を離れて、何処か遠くへな」

「そ、そんなご無体な……」

「恋も情けもないのなら、離ればなれになることの何が悲しい。店を辞めないのなら

ば、ふたりは不義密通をしていたと、お上に届ける。証拠はあるぞ、証拠は」

鬼のような形相で儀右衛門が迫ると、藤吉は唇を噛みしめながらも、何か決意をしたように打ち震えるのだった。

――次の場にて、真夜中。

藤吉は、奥の部屋に閉じこもったままのお美津に、障子越しにささやきかける。

「お美津様……お聞きとは思いますが、私は今宵、川越を発ちます。行く宛てはありません……でも、もし……もし、私と一緒に行って下さるのであれば、御家を出て下さい。私は心に決めました……あなたを攫ってでも、共に生きていきたいと」

――障子の向こうからは、お美津のすすり泣く声しか聞こえない。もちろん、藤十郎が出している声なのだが、客にはもう二役をしていることなど忘れたかのように、見入っている。

「大旦那様にはすっかり知られておりました……私もこれ以上、隠し通すのは辛うございます……いっそ荒川に身を投げた方がまし……ご主人の功兵衛様も、あんなことまで言われて、あなたを庇うことすらしなかった……もう愛してなどいないのです。でなければ、大旦那様があんな酷いことを言えば、体を張ってでも止めたはずです」

「うう……」

「本当にこのまま連れ去りたい。でも、お美津様の心はどうなのですか……やはり、ひとときの過ちだけなのでしょうか……私は違います。行くも留まるも、お美津様、あなたのお気持ちのままに……宿場外れの船着場で待ってます。もし、私と一緒に生きていきたければ、ああ、お美津様……」

泣きそうな声で言うと、藤吉は振り切るように走り去った。

とたん、サッ——と障子が開いて、〝早変わり〟した美しい女形の藤十郎が現れた。その顔に、月光が一筋投げかかる。一瞬の驚きの静寂の後、客席からは、惜しみない大きな拍手が起こった。

「どうすればいいの……お月様……答えて下さい……私はどうすれば……」

声を殺して泣き崩れるお美津の姿が、ゆっくりと溶暗していくのであった。

四

舞台の様子を見ていた千晶は、すっかり藤十郎の芝居に魅了されて、嗚咽（おえつ）していた。

自分にも思い当たる節があるのか、と和馬は意地悪な問いかけをすると、ギュッと本気で二の腕を抓（つね）られた。

ぐっと我慢をして隣の商家の旦那風の男を見ると、これまた涙ぐんでいる。

「――そうかあ……？」

自分は情け深い方だと思うが、浄瑠璃や歌舞伎ではなかなか泣けない。だが、多くの客は様々な感情が湧き出てくるのであろう。その後も意外な展開が続くのだが、芝居見物をしている人々は、藤十郎のうら悲しい表情や姿に、どっぷりと浸っていった。

一刻ほどの芝居が終わると、和馬は足が痺れており、なかなか立てなかったが、隣の旦那風は素早く立ち上がり、

「ふざけるなッ」

と誰にともなく言った。押し殺した声だったが、周りの者が拍手喝釆している中でも、聞こえるほどだった。

旦那風がまだ余韻に浸っている客たちを押し退けるように、芝居小屋から出ていくのを、和馬は不審そうな目で追っていた。

芝居小屋の裏手は、役者たちの控え部屋に繋がっている。

怒り肩で歩いてきた旦那風は、番人を突き飛ばして楽屋の方へ入った。他にも数人、役者や用心棒らが近づいてきて、旦那風を捕らえようとしたが、何に怒っているのか、

「藤十郎を出せ！　話がある、藤十郎を出せというのだ！」

と猛然と奥へと進んだ。

座員たちが総掛かりで、乱暴な旦那風を取り押さえようとしたとき、

「やめなさい」

と舞台の袖の方から声がかかった。

藤十郎が立っていた。芝居を終えたばかりのお美津の姿だった。

しかも、〝小屋入り道中〟で見せた花魁の姿であった。これが、此度の芝居の大団円の見せ場だったのだ。

幕が下がったばかりで、藤十郎は全身から湯気が立っていた。座員たちが庇うように立ちはだかるのを押しやって、

「旦那様……ご無沙汰しております」

と女形の姿のまま床に座って、芝居がかって三つ指をついた。舞台で見たままの艶やかな振る舞いに、旦那風はわずかに心を射止められたように、落ち着いた態度になった。

座員たちに向かって、藤十郎は言った。

「この御方は、昔、大変、世話になった人なのです。誰か、私の宿に案内して差し上げなさい。そこで、ゆっくりと……」

「いや、それには及ばないよ、藤十郎……いや、藤吉と呼ばせて貰おうかね」

旦那風は居直ったように、穏やかだが強い口調になった。

「それとも、座員の方々に聞かれては、まずいのでしょうかな。どうしても嫌だと言うのならば、二人だけになっても構わないが」

まるで脅しているような旦那風に、座員のひとりが食ってかかろうとした。だが、藤十郎はすぐに制して、

「いいのだよ。この御方は、川越の絹問屋『大黒屋』のご主人、功兵衛さんだ……ああ、そうだよ。大当たりのうちの芝居は、実際の話に基づいているのだよ」

と言った。

座員は一様に驚いたが、一座の小頭だけは承知していたようで、気を利かせて人払いをするのだった。

「――覚えていてくれたかね、藤吉……」

「それはもう、恩を忘れたことなんぞ、ありませぬ」

女形の姿のままだから、功兵衛は戸惑いながらも、言葉遣いははっきりしていた。

「恩などと皮肉はよしてくれ」

「いいえ。あの時、大旦那様に責められ、追い出されたからこそ、今の私があります。

これは嫌味でも何でもありません。心底、そう思っているのです」

「………………」

「本当に感謝致しております」

藤十郎はもう一度、深々と頭を下げた。

「感謝はするが、詫びるつもりはないようだね。まあ、いいご身分で何よりだ……が、うちの店の屋号、私と女房の名前まで、そのまま使うとは、嫌がらせに思えるがね」

「それは……」

言い淀んだ藤十郎は、しばらく俯いたまま黙っていた。その顔を見下ろしながら、功兵衛の方が語りかけた。

「今、芝居を観たよ。さすがは人気の旅役者、一同皆、上手いもんだ」

「ありがとうございます……」

「手代の藤吉も……おまえそのものだ」

「は、はい……」

「その芝居どおり、おまえに誘われた私の女房、お美津は、あの夜、おまえを追って出ていった。幸せにしてやってくれてるかね」

「えっ……？」

驚いた顔を上げた藤十郎は、意外そうな目になって、

「お内儀は……お店に、お戻りになったのではないのですか」

と訊いた。

功兵衛は鼻白んだ表情のまま、吐き捨てるように言った。

「ふん。この期に及んで、惚けるつもりかね。五年も音沙汰なしにしておいて、お戻りになったのでは？――とは、あまりに非人情な言い草じゃないか」

「いえ、本当に……」

明らかに狼狽していたが、功兵衛は芝居に違いないと踏んで責め立てた。

「今更、女房を返せとは言わないよ。どんな暮らしをしているか、一目だけでも会いたくて、こうして川越からやってきたんだ」

「そんな……」

「おまえたちがいなくなった翌年、親父は倒れてあの世に旅立った。死の床で、『すまなかった。お美津には酷いことをした』と謝ってくれたよ」

「………」

「でも、落ち度は私にもあったし、あの夜、おまえを追って出ていく姿を、私は黙って見送っていたんだ……その前に、帳場から、三十両ばかり金を盗んでね」

「――嘘でしょう……」

　藤十郎は半ば泣きそうな顔になって、首を横に振った。

「私が嘘をついて何になる。お美津は腹いせなのか、親父が言ったとおりのことをしたまでのことだ。不義密通を働き、店の金まで盗んだのだからね」

「…………」

「だが、そのことはもういい……おまえと不義密通をしていたことは知らなかったが……あの夜、お美津が金を持ち逃げしたことは、勘づいていた……でも、その金があれば、当面、暮らしてはいけるだろう。だから、私は親父にもその金のことは、誤魔化してたんだ……芝居には、その下りはなかったがな」

　皮肉を込めて功兵衛は言ったが、藤十郎は耐えられないように涙を浮かべながら、

「本当です、旦那様……お美津さんは、もう二年も前に、川越に帰ってるはずです。本当のことです、信じて下さい」

　と切実な声で言った。

　だが、功兵衛にはまったく信じられない。

「芝居では……駆け落ちして逃げたものの、食うに困って心中を図ろうとするが、運良く何処その〝福の神〟のような老人に助けられ、思いがけずお美津には、吉原遊女

への道が開けた……開けたというのも妙だがね」

「――通りすがりの御老人に救われ、この私が旅役者への道が開けたのは事実です」

「ほう……」

「その話を、芝居では、お美津さんが一流の花魁になる話にしたのです」

「……」

「でも、私のような素人に、おいそれと舞台が務まるはずはなく、散々、苦労をしました。その間、お美津さんは、身を粉（こ）にして支えてくれました。あの美しいお美津さんが、身も心もぼろぼろになるほど……私が不幸にしてしまったのです……ですから、家に帰りたいとお美津さんが泣いたとき、別れる決心をしたのです。ああ……」

そこまで話して、藤十郎は縋（すが）るように功兵衛に抱きついた。

「旦那様ッ。お美津さんが帰ってないのは、本当のことなのでしょうか」

同じ言葉を何度も繰り返す藤十郎の両肩を摑み、功兵衛は強く押し返し、顔を覗き込んだ。白粉（おしろい）化粧とはいえ、舞台同様、藤十郎の面立ちは美しかった。

「藤吉……おまえと一緒に暮らしているのではないのか」

「いいえ……今、話したとおりです」

「――ああ……」

功兵衛はがっくりと膝をついた。

「今や大人気の花丸藤十郎が、うちにいた藤吉だったと知ったのは、つい先頃のことだ。商売商売で、そっちの方は疎(うと)くてね……しかも、丸に花角(はなかく)はうちの家紋だ。花丸というのも、そこから取ったのだろうと思ってたんだが」

「おっしゃるとおりです」

藤十郎は涙を拭って、真摯な目を功兵衛に向けた。

「お美津さんと別れたときは、まだ私も駆け出しの端役(はやく)でした。でも、自分で一座を持てるようになったとき、花丸藤十郎と名乗ったのは、もしかしたら、川越に帰ったお美津さんも、知ってくれるのではないか……観に来てくれるのではないか、そんなことを考えていたからです」

「そうかい……」

残念無念と項垂(うなだ)れた功兵衛だが、まだ藤十郎の話をすべて信じたわけではなかった。もしかしたら、お美津を会わせたくないから一芝居打っているのではないかと疑った。だが、藤十郎の話が本当なら、お美津は今頃、何処で何をしているのか……功兵衛はいたたまれなくなった。

「邪魔したな、藤吉。これからも、せいぜい頑張ってくれ」

「旦那様。俺もこれから探します」

「よしな。おまえは、押しも押されぬ花丸藤十郎だ。お美津も生きてりゃ、何処かでおまえの舞台を観てるだろうよ」

功兵衛は、どんよりと曇った表情で立ち上がると、よろよろと芝居小屋から出ていった。背後では、すすり泣く藤十郎の声が聞こえたが、功兵衛は「ふん」と自嘲気味に溜息をつくしかなかった。

そんな功兵衛の姿を――和馬は遠目に見送っていた。

五

夜が更けると、富岡八幡宮の表参道は灯籠の明かりだけになり、人通りもぱったりと途絶える。仕事で出ていた住人たちは、大鳥居の前で手を合わせて帰宅を急ぐ。

昼間は活況だった芝居小屋も、黒い影の塊になっていた。

宵闇が広がると、あちこちに夜鷹が現れることもある。深川には〝七悪所〟と呼ばれる遊郭があるが、ここは岡場所と呼ばれる幕府非公認の私娼屋の集まりに過ぎない。

金持ちのように吉原で遊べない者たちが通ってくるが、岡場所にも行けない者を相手に春をひさぐ女が出没するのだ。

　ろくに灯りもない所で交わる相手は、思いがけぬ老婆のときもある。それでも酒の酔いに任せて、夜鷹の誘いに乗って、稼いだ日銭を落とす男は幾らでもいた。

　空はどんよりと曇り、小雨が降ってきて、境内は静まりかえっている。出会茶屋や飲み屋の二階などを使う〝けころ〟と呼ばれる女郎はまだましなほうで、夜鷹は筵や茣蓙一枚で所構わず営む。

　酷いのになると河原の土手や使われていない漁師小屋、寺社の境内裏など露天で商うから、〝おちょろ船〟の女郎よりも格段に下の扱いであった。

　もちろん、岡場所も幕府公認ではないから、時に町方が踏み込んでくることもある。が、咎人でも匿っていない限り、町奉行所も知らぬ顔をしている。店の中でのことは、〝自由恋愛〟ということであろう。

　だが、犬猫ではあるまいし、人目に付くかもしれぬ所で商売をするのは、まさに御法度破りを堂々と見せつけているようなものだ。ゆえに、町方同心や岡っ引はその場を押さえて、お縄にすることも多かった。

　捕まれば、飯の食い上げである。だから、夜鷹は商うときには、見張り役をつける。それが、地回りのやくざ者の役目である。縄張りの中で営んでさえいれば、町方に見つかることはなく、摘発から逃れられる。

その代わり、ショバ代として、上がりの半分から六割を取られるのが相場であった。ショバ代を払わないでいると、逆に地廻りから密告されて、御用となる夜鷹もいた。

「――ちょいと、お兄さん……遊んでいかないかい。しょぼ降る雨だ。しっぽり濡れるのは丁度よいじゃないかえ」

境内裏のさらに奥まった所で、夜鷹の声がかかった。今は芝居小屋の陰になっていて、人目を避けられるようになっている。

「探しましたぞ、お姐さん……」

傘も差さずに立っていたのは、吉右衛門であった。まだ右腕には、三角巾をあてがったままである。

「今宵の雨は冷える。うちに来なさい」

疚しさなどみじんもなく、はっきりとした態度で誘われて、夜鷹の方が驚いた。近づいてきた吉右衛門の顔が、かろうじて見えるほどだ。夜鷹は凝視して、さらに目を見開いた。

「あなたは、昨日の……」

「ご覧のとおり、脱臼しましてな。あなたに引っ張られたお陰で」

「…………」

「身の上のことは、北町の古味の旦那と熊公に聞きまして、探していたんです」

同心の名前を知っているらしく、気まずそうな顔になって、

「弁償でもさせる気かい」

と俄に蓮っ葉な声になって、その場から逃げようとした。

「これこれ、役人に突き出すために来たのではありませんよ。さあ、いらっしゃい。うちで、ゆっくりお話でも……」

「冗談はよして下さいな、ご隠居さん。私は夜鷹ですよ。あっちが使いものにならないからって、話し相手をして金を貰うなんて、さもしい魂胆はありませんよ」

「違いますよ。あなたは、よく見れば天女のように美しい人だ。どうして、かようなことをしているのか、気になりましてな」

「余計なお世話です。あっちに行って下さいな」

「この芝居小屋に出ている花丸藤十郎を見て、あなた華やいだ顔をしていた」

藤十郎の話が出た途端、夜鷹はさらに仏頂面になって、

「おや。夜鷹を口説こうってかい。それともバカにしてんのかい」

「まさか。随分と花丸藤十郎の贔屓なのかと思いましてね。なに、私は藤十郎と知ら

ない仲じゃない。もしよかったら、客席に案内したいと思いまして」

「別に観たくありません」

「そうですか……でも、まあ、今宵は私に付き合ってくれませんか。せっかく、また出会えたんですから」

「しつこいね。用心棒を呼ぶよ」

夜鷹が言い終わらないうちに、昨日のならず者が駆けつけてきた。吉右衛門の顔を見るなり気付いたのか、兄貴格がいきなり胸ぐらを摑んできた。次の瞬間、

「――いててて……」

と腕をねじあげられて、平伏した。

「片手でも、おまえさんたちくらいなら、みっつ数えるうちに倒せますよ」

「いてて……やっちまえ！」

兄貴格は、弟分ふたりに声をかけた。とたん、匕首を抜き払って、突きかかったが、ひょいと体をずらすと、グサリと兄貴格の肩口に突き立った。

「うぎゃあ！」

情けない悲鳴を上げた兄貴格を突き飛ばすと、弟分たちは気色ばんで、さらに切りかかった。が、次の瞬間、吉右衛門の掌底が相手の顎の下に、次々と決まり、ふた

りともステンと仰向けに転げた。したたか頭を打ち、首の骨も痛めたようだった。

「ひい、ふう、みい、よう……四つ数えてしまったか……年は取りたくないねえ……いや、今日は片腕だから仕方がないか」

唸りながら倒れているならず者たちに、

「おまえたちね、『竜神一家』なんぞと名乗ってたが、嘘はやめた方がいいよ。痛い目に遭うどころか、海に沈められることになるかもしれませんぞ……あ、それから、痛んだ骨を治すなら、深川診療所の千晶って女医者を訪ねなさい。いい腕をしてますぞ」

と言い捨てて、吉右衛門は夜鷹の手を握りしめた。

「あっ……」

上擦った声を洩らしたが、吉右衛門の温もりのある掌に、夜鷹は思わず引かれるままに、ついていった。

旗本屋敷の門を潜ったとき、夜鷹は驚きを隠せなかった。

「――こんな立派なお屋敷にお住まいですか……」

夜鷹は顔を隠すように首を竦めた。ならず者を一瞬にしてやっつけた腕前といい、いかにも堂々とした態度といい、吉右衛門のことを旗本だと誤解したのである。

「私はただの奉公人ですよ」

「嘘……私を捕らえるつもりですね……〝夜鷹狩り〟というのを聞いたことがあるわ」

「どうやら、あなたは、人を信じるということを、忘れたようですな」

吉右衛門は困ったような顔を向けて、玄関から入ると、

「只今、帰りました。若殿……旦那様……和馬様……いらっしゃらないので？」

と声をかけたが返事はない。仕方なく、そのまま吉右衛門は、座敷に招き入れた。

行灯(あんどん)明かりの中で、和馬が座禅を組むように座っていた。吉右衛門は驚いた。

「なんだ、いらしたのですか。何処ぞに遊びに行ったのかと思いました……冗談ですよ……この女の人に、お芝居のお話を聞かせてやって下さいますか」

「…………」

「ご覧になった『逢魔時未練花園』を……」

「吉右衛門……いい年をこいて、かような女を連れ込むとはな。見損なった」

「おや、何をおっしゃいます。目の前の可哀想な人、貧しい人をひとりでも救うのが、和馬様の生きる道ではないのですか」

「もちろん、救ってやりたいが……望んで女郎になった者を、どうやって救えと？」

「いつも若殿はおっしゃってるではないですか。人に貴賤はない。誰もが幸せに生きるために生まれてきた。その手助けをしたい。それが自分の生き甲斐だと」

淡々とした口調だが、吉右衛門の話しぶりには品格と説得力がある。夜鷹もそう感じたのか、恐縮したように項垂れて、

「私のことなら、結構でございます……どうせ、いつ死んでも誰も悲しむ者はおりませんし、生きる値打ちのない人間ですので」

と消え入るような声で言った。

「値打ちのない人間なんていません。そういうふうに卑下するのが、よろしくない。とにかく、お芝居の話を聞いてみませんか。それが面倒なら、明日にでも一緒に観に行きますかな。私も見損ねたのでね」

「いいえ……私は観たいわけでは……」

拒絶しながらも、夜鷹は何処か期待をしているまなざしであった。

短い溜息をついて、和馬はおもむろに、かいつまんで話し始めた。芝居で観たとおりの、川越宿の『大黒屋』という商家のお内儀と、手代の密通の物語である。

「――お美津というお内儀は、手代の藤吉に誘われるがままに、夫を裏切り、待ち合

わせた船着場まで逃げた……」

「お美津……？」

「そうです。そのふたりを見ていたのは、空の月だけだった」

「お月様……」

ぽつりと呟いて、夜鷹はじっと聞いていた。

「藤吉は川船を漕ぎながら、月に向かって、お美津を幸せにすると誓った。しかし、ふたりの行く先々には、幸せな暮らしは待っていなかった……藤吉は所詮は田舎者で、手代とはいっても小僧に毛が生えたようなもの。色男、金と力はなかりけりで、ろくな仕事も長続きもしない」

ゆっくり話す和馬を引き継ぐように、いきなりべべンと三味線が鳴った。吉右衛門が義太夫の浄瑠璃語りの真似を始めたのだ。絞り出すような唸り声と、透き通るような高い繊細な響きを交互に出しながら、体を前後左右に揺らした。

「それでも、お美津は何処で稼いだか、藤吉に苦労はさせまじと、贅沢とはいえないものの、食うもの着るもの絶えることなし……ああ、いつになったら、この俺が一端の男になれるのか、明日、いや明後日、艱難辛苦に耐えながらも、持って生まれた性根のなさに、己が己が恥ずかしや……べべン」

吉右衛門は独り（ひと）よがりではあるが、和馬から聞いた話に色づけをしてする。

「やがて金が尽きれば運も尽き……この世に名残りはなかりけりと、ふたり手に手を取って、あの世で一緒になろうと誓い、逃げた夜と同じ月を仰ぎ見る……いいのだな、お美津……あい、これも前世の運命なら、喜んで冥土（めいど）への旅へと参ります……ベベン……ふたりお互い見つめ合い、ひしと抱き合い帯結び、石を懐（ふところ）に忍ばせて、一足二足水の中……」

感極まった吉右衛門に水を浴びせるように、

「もういい、もういい、吉右衛門。後は、俺がかいつまむ」

と声をかけた。

「そのふたりを救ったのが、通りがかりの老人でな……お美津のことを、とても美しい女だと惚れ込み、『心中をするくらいなら、吉原の遊女になったらどうだ。おまえさんなら、吉原一の太夫（たゆう）になれる』と勧めた……お美津は迷ったが、男と暮らしていくためにと、頑張ったのだ」

「……………」

「ところが、藤吉は生来の怠け者。よくありがちだが、真面目に働くどころか、女房の稼ぎで、飲む打つ買うの三拍子の放蕩三昧（ほうとうざんまい）。そうとは知らず、お美津は一生懸命、嫌な客とも寝床をひとつにして、吉原で一番の太夫を目指す」

「——和馬様も、なんとなく浄瑠璃調になってきましたが……」

吉右衛門が「ヨヨッ」と茶々を入れたが、和馬は真顔で、聞き入っている夜鷹を見つめながら続けた。

「ある日、藤吉は、芝居茶屋で出会った町娘に気紛れに惚れてしまい、『大黒屋』から お内儀と駆け落ちしたように、その商家の娘を連れて姿を晦ました……何のために遊女をやるのか、お美津は苦しみながらも、こう考えたのだ」

「どう……」

「吉原で一番、いや日の本で一番の太夫になれば、必ず……いつか必ず、藤吉が妓楼に会いに来てくれる。その日を信じて待ち続けるために、今日も華やかな花魁道中をする……ってえ筋書きだ」

そこまで話したとき、夜鷹は唐突に、

「違います!」

と大きな声を上げた。

「藤吉さんは、町娘をたらし込んで逃げたりする人じゃありません。本当に心から、私だけに惚れてくれた人なんです」——

「……芝居の話だよ」

和馬がぽつりと言うと、夜鷹は我に返ったように、あっと声を洩らして俯いた。

「やはり――あんたがお美津さんだね。芝居の中では、太夫となった……」

今度は、吉右衛門が、優しい声をかけた。

「でも、現実と芝居では、男と女が逆さまだ。そうでしょう？」

「…………」

「藤吉が役者となって、まさしく花丸藤十郎として人気一座の座長になった……なのに、あなたは、藤十郎が売れ始めたら突然、姿を消した……これも皮肉な縁かねえ……」

「えっ……？」

「あなたたちふたりが心中をしようとしたとき、通りかかった老人は、この私ですよ。覚えておりませんか」

そう言う吉右衛門を、お美津はまじまじと見たが、分からないようだった。もう死ぬと決めて、頭が混乱していたから、よく覚えていないというのだ。

「そうでしょうな。私も適当に役者になれと言って、金を少しばかり渡しただけのことですから。それで、夜泣き蕎麦(そば)でも食えば、気が変わると……」

「ええ……そうしました」

「その時、死神は消えたんだろう。藤吉は翌日、たまさか通りかかった旅芝居一座に土下座をして弟子入りし、それからのことは……おまえさんも、よく知っているね」

お美津は不思議そうに、ふたりの顔を見比べながら、眩しそうに目を細めた。

「——どうして……どうして、あなたたちは、私のことを……」

不思議そうに見つめたとき、静かに襖が開いて、隣室から功兵衛が顔を出した。

「私も聞きとうございます」

「あっ⁈ おまえさま！」

功兵衛を見たまま、お美津は凍りついた。

「久しぶりだな、お美津……藤吉には、川越の店に戻ると言いながら、なぜ帰ってこなかったのか……それも知りたい」

あまりにも突然のことに、お美津は唇が上擦ったように震えるだけだった。

六

「会いたかったよ、お美津……ずっと探していたのだ……藤吉と別れたのならば、なぜ私のところに帰ってくれなかったのだね」

　込み上げてくる感情をぐっと抑えながら、功兵衛はお美津の前に座った。思わず顔を背(そむ)けるお美津の手を、思わず功兵衛は握ろうとしたが、どこかに遠慮があるのか、指先に触れただけだった。

「お美津……顔を見せておくれ……」

「よして下さい……夜鷹になっている女房の顔など……」

　思わず逃げようとするお美津の手を、こんどはしっかりと握りしめた。

「やめて下さい。お店のお金も盗んで逃げた、酷い女です」

「そのことは、藤吉は知らなかったようだが、苦労したようだな……藤吉に会ったよ」

「えっ……」

「あいつは今や押しも押されぬ人気旅役者、花丸藤十郎だ。そう名乗っていたから、私もあいつだと気付いた」

　功兵衛は優しい声で、藤十郎と交わした話を伝えた。

「おまえには、随分、苦労をさせたと言ってたよ。藤吉はろくに仕事にも就かなかったようだが、おまえが働いて食わせてたんだろう、お美津……店から持っていった金は、一度には使わず、少しずつ……だとしても、あれだけあれば、しばらくは持ったはずだが」

「――それが……」

お美津は洗いざらい話そうと決心したのか、功兵衛の顔を見つめ直し、「申し訳ありませんでした」と深々と頭を下げた。

「私も随分と迷ったんです……でも、お義父様にはいつも悪し様に言われ、あなたも庇ってくれない……藤吉は私よりも随分と若いけれど、実の姉のように慕ってくれた……私は元々、貧しかったから、食うや食わずには慣れている。ふたりだけなら、なんとでもなると高をくってました」

「当てが外れたのかね」

小さく頷いて、お美津は遠いまなざしになって続けた。

「お店から持ち逃げした金は、三両ばかり使っただけで、隠れるように暮らしていた長屋に泥棒が入って、盗まれてしまいました。板橋宿でのことです」

「なんだって……」

「だけど、食べるためには、ふたりして働くしかありませんでした。藤吉は私と逃げたことに後悔し始めたのか、少しばかり自暴自棄になってきました。でも、私には帰る所はなく、一生懸命頑張るしかなかった……」

お美津は居酒屋で働くようになったが、給金が安くて、とてもふたりで暮らせる実入りではなかった。店には酔っぱらいが多いし、美形のお美津を口説こうとする男が集まってくる。中には、惜しげもなく金を出す者もいたという。

「いけないと思いながら、そのような人からお金を貰うこともありました……そうするしかなかったんです」

「体を……売ったのかね……」

「――中には、そういう人もいました」

泣き出しそうな声で告白するお美津を、功兵衛はじっと見つめていた。怒りよりも悲しみに満ちた目だった。

「藤吉は、そのことを……」

「一切、知りません。私も黙ってました。仕方なかったんです。食べるためなんです」

「おのれ、藤吉のやろう」

拳を握る功兵衛に、お美津は憂いを帯びた顔を近づけた。

「私が好きでやっていたことです。その間、あの人なりに頑張ってた……でも、ひとつ何かが外れると、石垣が崩れるように……でも、私は力になりたかった。あの人が役者として歩み始めたときに、後押ししたかった」

「だったら、なぜ……」

功兵衛は訳が分からないと首を左右に振りながら、

「藤吉のもとから立ち去ったんだね。あいつは、おまえが勝手に出ていったと話していたが、本当は追い出されたんじゃないのか……出世をすると、糟糠（そうこう）の妻を捨てる酷い男は幾らでもいるからな」

「違います。私が離れたのは、まだ人気役者になる前です……あのままずっといれば、いつかは私が汚れた女だと世間にバレる。そしたら、せっかく上向きになった藤吉さんの名に傷がつく。そう思って、うう……」

溢れ出るお美津の涙に、嘘はなさそうだった。

「そうか……おまえはそこまで……あいつのことを……」

お美津の冷たい手をぎゅっと握りしめて、功兵衛は切なげに言った。

「だったら、家に帰ってくればよかったのに。すぐに、私のもとに」

「いいえ、一度でも、旦那様を裏切ったのですから、そんな恥知らずなことは……」

「今からでもいい。どうか帰ってきてほしい。私はずっと探していたのだよ」

功兵衛はひしと、お美津を抱きしめた。抗うように突き放そうとするが、功兵衛は力を緩めることはなかった。

吉右衛門と和馬は、微笑みながら見守っていた。


その翌日──芝居が始まる前に、高山家の屋敷に人目を忍ぶようにして、藤十郎が訪ねてきた。どこで聞きつけたのか、お美津が逗留していると知ったという。

「酷いじゃありませんか、ご隠居。どうして、私に話してくれなかったのです」

いきなり藤十郎は詰め寄った。が、吉右衛門は惚けて、

「はて。なんの話でしょうかな」

と答えた。

「お美津のことですよ」

「藤十郎さんの芝居に出てる太夫のことですか」

「意地悪はやめてください」

藤十郎は床に両手をついて、懸命に訴えた。

「あの夜……板橋宿の外れで、入水自殺をしようとした私たちを助けてくれた上に、お金まで下さった。名乗りもせずに立ち去りましたよね」

「その時から私は変わったのです。せっかく拾った命。お美津のためにも、心を入れ替えて頑張ろうって」

「ですから、今のあなたがいる。それで、よろしいではないですか」

吉右衛門はいつものように、穏やかな笑みを返すだけだ。

「では、せめて、お美津が何処で何をしているかだけ、教えてくれませんか」

「安心なさい。元の旦那の所に帰ってます」

「でも、功兵衛さんは……」

「あの人もあなたと同じように、ずっと探していた。けれど、再会して一緒に帰りました。安心しましたか」

「川越に……」

「はい。ふたり手に手を取って、帰りましたから、安心なさい」

小さく頷く吉右衛門を、藤十郎はじっと見ていた。

「――せめて私に、会いに来てくれてもよかったのに……恩返しをしたかったのに」

「売れっ子役者になったのが、一番の恩返しになったのではありませんか？　会えばまた、心が揺れるかもしれません……あなたはあなたの花道を行くがいい」

「花道を……」

しばらく俯いていた藤十郎だが、役者らしいキリッとして目つきに変わった。吉右衛門はまた微笑んで、

「さあ、そろそろ客入りではないですか。急がないと幕が上がります。あなたを待ってくれてる人は、お美津さんではなく、お客様たちでございましょう」

「ご隠居様……」

「私も観たいのだがね、木戸札がもう売り切れで」

「ひとりくらい、なんとでもなります。どうぞ、観に来て下さい。でも、『逢魔時未練花園』は今日で最後にします」

「え……？」

「お美津を探すために作った芝居ですからね。なに、他にも〝十八番〟はあります。いつか、お美津にも観て貰えるような、いい芝居をしていきたいと思います」

藤十郎は唇を嚙みしめて、己を鼓舞するように頷いた。

「うむ。それがいいいい」

吉右衛門は実に嬉しそうに手を叩いて、「ヨッ、花丸藤十郎！　いい男！　いや、いい女！」と囃し立てた。

その日は千秋楽ではないが、藤十郎は自分の気持ちを切り替えるために、最後の演目にすると客席に訴えた。芝居が終わると表参道に向かって、花魁道中を披露した。この後も、女形の芝居は繰り返しやるが、しばらくは太夫役は封印するとのことだった。

沿道からは割れんばかりの拍手が起こった。

何処かからお美津が見てくれていると、藤十郎は期待していたが、押し寄せる観客の中にその姿はなかった。一歩一歩踏みしめて歩くうちに、藤十郎の気持ちも少しずつ変わってきたのか、体全体から穏やかな光が放っているように見えた。

拍手喝采を浴びせながら見送る人々の中に、吉右衛門の姿もあった。人を掻き分けるようにして、和馬が近づいてきて、

「これも、おまえのお節介ってやつか」

「え……？」

吉右衛門は首を傾げると、和馬は脇腹を突いて言った。

「心中しそうなふたりを助けた上に、元の鞘に戻してやる。長い歳月をかけて、親切を施すとは……さすが〝福の神〟だな」

「私は何も知りませんよ。だって、あのふたりを助けたのは老人ですよ。私は昔から、

老人じゃありませんし」

「では、ただの偶然だとでも？」

「出会うべくして出会い、別れるべくして別れた……そんなものでしょう、人生は」

アハハと笑いながら吉右衛門は、贔屓のように藤十郎を追いかけた。その後ろ姿を、不思議そうに見送りながら、

「本当に何者なんだ……ま、それぞれが幸せになったから、よかったけどな」

と呟いた和馬にも、暮れゆく江戸の風がゆるやかに包み込んだ。

第三話　忘れな草

一

吉右衛門がある祝言に招かれたきっかけは、千晶に頼まれたからである。

花嫁のおかよには二親がおらず、親代わりは町名主夫妻がなり、祖父として吉右衛門が引っ張り出されたのだ。

嫁ぎ先は武家とのことで、こちらは商家ではあるが、旗本の親戚として威厳を持ちたいとのことだった。つまり、

――嘘をつけ。

ということである。

乗り気ではなかったが、吉右衛門も花嫁のおかよとは知らぬ仲ではない。馴染みの

普請請負問屋『河内屋』にて奉公をしていたから、よく顔を合わせていた。

この『河内屋』は、和馬たち小普請組たちが、職のない者に対して〝就労支援〟のために作った普請問屋のひとつである。小普請組支配の大久保兵部のお墨付きで、小普請組組頭の坂下善太郎が中心となって営んでいる。

もっとも、陰で尽力をしたのは和馬であるが、これも小普請組は何もしていないとの世間の不評への対策の一環だった。

普請に限らず何でも請け負う『河内屋』の主人には、やはり下級旗本だった近藤家の次男だった桐之助が進んでなった。

三十路を過ぎていたが、部屋住み扱いをされ続けていたから、いっそのこと大小の刀を捨てて、商人になろうと決心してのことだった。ゆえに、桐之助の名のままで、先祖の支配地があったという河内を屋号に使った。

おかよの相手は、武蔵滝山藩の江戸屋敷に勤める藩士である。三万石の小藩とはいえ、藩主の柳原越後守は若年寄で、越後柳原家と同族だ。その江戸家老の側役だとのことだが、見るからに秀逸で実直そうな若侍である。

日下市之進という名で、新陰流の剣術の腕前もかなりらしいが、公儀普請などのことで『河内屋』に出入りしているうちに、おかよを見初めたという。

武士と町人という身分の差はあるものの、『河内屋』桐之助がそもそも武士から町人になっており、市之進の方は一切、気にしていなかった。上役の家老らも日下家も、おかよの人柄や境遇に同情し、快く承諾したのだった。

大川沿いにある料亭で、結納と祝言の宴が執り行われた。

浄瑠璃で歌い慣れている吉右衛門が『高砂』を披露することとなった。夫婦の情愛や長寿を祝う歌として定番の謡で、世阿弥の能楽に由来している。

――高砂や　この浦舟に帆を上げて…はや住の江につきにけり……。

朗々とした名調子で寿ぎ、それぞれの親族の紹介などがあった後、お互いが席を入れ替わりながら酒を酌み交わし、楽しいひとときを過ごすことができた。

その間、日下家の祖母・綾佳は、じっと吉右衛門のことを見ていた。自分の孫である市之進や花嫁のおかよよりも、吉右衛門を眺めているときの方が多かった。その視線を、吉右衛門自身も少しは感じていた。

年頃は同じくらいであろうか。だが、綾佳の背中はピンと伸びており、綺麗に櫛を通した黒髪は艶やかであった。病がちだったと、親族の誰かが話していたのを漏れ聞いていたが、そのような苦労はまったく感じさせないほど壮健に見えた。

宴もたけなわの頃、綾佳の方から近づいてきて、吉右衛門に酒を勧めた。

「これは、どうも……気がつきませんで申し訳ありません」

吉右衛門は杯を受けながら挨拶をすると、綾佳は熱いまなざしを向けて、

「──随分とご無沙汰をしております。お懐かしゅうございます」

と頭を下げた。

「お忘れでございますか」

じっと相手を見つめていた吉右衛門の瞳の奥が、わずかだが燦めいた。その瞳に自分の姿が映っているのを確かめるような仕草で、綾佳は顔を寄せた。

「私でございます。吉右衛門様……」

「………」

「あなた様が、越後高田藩から江戸に出られることになった後、私は縁あって、武蔵国の滝山藩の日下家に嫁いできました」

懐かしそうな微笑みを浮かべて、綾佳はじっと見つめていた。綾佳の夫はこの場にいない。数年前に天寿を全うし、今は息子夫婦と暮らし、老後を楽しんでいるという。

越後高田といえば、その昔は、上杉謙信の領国であり、往時の名残がある春日山を眺めて暮らしたと、綾佳は言う。

この地は、上杉家の家臣である直江兼続が一揆を起こしたような武勇逞しいお国柄

だ。徳川の治世になってからも、紆余曲折がある。家康の六男である松平忠輝が入封して後、新たに高田城を築城したものの、家康や二代将軍になった秀忠に疎まれ、忠輝は改易の憂き目にあう。

その後、徳川四天王筆頭の酒井忠次の嫡男である家次が引き継ぎ、さらに越前松平家が藩主になったが安定せず、天領になって様々な大名に支配された後、伊勢久松家によって統治された。それでも、土地柄か一揆が絶えず、幕府を巻き込んだ大騒動を起こし、さらに時代は下って、徳川譜代の榊原家によって、ようやく落ち着いた。

そのような文化風土のせいか、上杉家の流れを汲む綾佳の気性も強かった。いかにも武家の女という気高い雰囲気が漂っていた。

「それにしても、吉右衛門様……お互いの孫同士が夫婦になるとは、これも運命の悪戯とでもいいましょうか……私は本当に嬉しゅうございます」

「あ、ええ……」

おかよは自分の孫ではないが、祝言の席に祖父として出た手前、何と答えてよいか分からず、誤魔化していた。

「綾佳……様でしたかな……立派な子息に、頼もしい孫……さぞや幸せな人生を送ってこられたのでしょうな」

「あら……綾佳様でしたかなどと、他人行儀な……」

「…………」

「これは言い過ぎました……他人のままで別れ別れになってしまいましたが……この年になりましたので、恥も外聞も捨てて申し上げますが、ずっとあなた様のことをお慕いし、忘れたことなどありません」

明瞭に話した綾佳の言葉に、親戚の旗本として臨席していた和馬も、「ええっ！」と振り向いた。

他の親族や来客たちも、吃驚（びっくり）したように見やった。花婿の市之進も、ほろ酔い加減なのか、綾佳の側に近づいてきて、

「おばば様。もしかして、この御方が、吉右衛門様ですか。おばば様が娘の頃、大好きだった、越後一の槍の使い手、春日山の吉右衛門殿というのは」

「そうですとも、市之進……まさか、あなたの祝言で、もう一度、会えるとは……しかも、あなたの花嫁の祖父でいらしたとは……長生きしていて良かった……」

「まさに奇跡でございますね。もっとも、おばば様が、この吉右衛門様と一緒になっておられたら、私の父も、私もおりませんがね。はは……それでも、こんなことって……皆の衆！　今日は私とおかよの祝言だけではなく、おばば様の昔の恋人との祝言

と洒落(しゃれ)ようではありませぬか！」

酔いに任せているとはいえ、とんでもないことになったと、吉右衛門は困惑した。

だが、本当のことを話せば、この場は一挙に白けてしまうであろうし、何より、おかよが可哀想(かわいそう)だ。万が一、吉右衛門の嘘がバレれば、婚儀が破綻にならぬとも限らぬ。

「いやはや……私も、そうかな……とは思うていたのですが、懐かしい限りです」

吉右衛門がそう答えると、綾佳は時が巻き戻ったように嬉しそうな顔になった。まさに娘のような恥じらいを浮かべて、

「私、お待ちしていたのでございますよ……あの日、あの夜……でも、吉右衛門様はいらっしゃらなかった……殿について、江戸に行く方を選びましたね」

「……遠い昔のことです」

「ええ。でも、私には、ついこの前のような気がします。でも、こうして再び会えたのです。しかも、親戚になったわけですから、これからは遠慮なく、会うことができますわよね、吉右衛門様」

「ですな……」

「先程の『高砂』……立派でございました。若い頃は、槍一筋、学問に打ち込む毎日で、花鳥風月には縁がなく、私がお送りした和歌に返歌も下さりませんでした」

「そうでしたかな……」

「ええ、そうですとも。それでも、私は、道場で激しい稽古をしたり、学問所で遅くまで熱心に本を読んでいるあなた様が好きでした……その合間を縫って、河原で水遊びをしてくれたことも嬉しかった」

生娘のような華やいだ表情になった綾佳を、市之進とおかよも祝福した。

「いやはや、参ったなあ……」

照れ臭がる吉右衛門だが、綾佳の横に座らされ、まんざらでもない様子だ。孫たちの祝言なのに、思いがけず、まるで老夫婦の喜寿祝いのように盛り上がった。

それを眺めていた和馬は、

「──越後一の槍の使い手、春日山の吉右衛門、か……それにしても、いつになく、にやけているではないか……」

と呟いた。

二

数日後の雨の日のことである。吉右衛門が、びしょ濡れで屋敷に帰ってくるなり、奥座敷に駆け込んできた。

「和馬様。大変でございます。桐之助様が自害したそうですッ」

「なに？」

あまりにも唐突だったので、和馬に驚く様子はなかった。

「桐之助がなんだって？」

「ですから、普請請負の『河内屋』桐之助さんが、切腹なさいました。町場では、もっぱらの噂です」

つい先日、日下家に嫁に行ったおかよが奉公していた店の主人だ。職にあぶれた人足などを賄うために、小普請組から商人になった男である。

「前々から、若殿も気にかけていたようですが……近頃、少しばかり何かを気に病んでいるようで、情緒も不安定でした。おかよが嫁に行ったこととは関わりないと思いますが、何かあったのでしょうか」

自ら選んだこととはいえ、普請請負問屋という大変な店を営んでいるから、公儀や大名などとの軋轢に苦しみ、重責を感じていたのであろうか。

商売に行き詰まっていたとは、和馬はまったく思っていなかった。いつも剽軽で明るく、親切な桐之助が、色々と気を病んで自害に及ぶとは考えてもみなかった。武士だったせいで、切腹を選んだのかもしれぬが、和馬は合点がいかなかった。

「――吉右衛門。桐之助さんは……本当に切腹をして死んだのか」

「いえ。一命を取り留め、深川診療所の藪坂甚内先生の所に担ぎ込まれておりますが、予断は許されないと」

「それを先に言え」

安堵した和馬に、吉右衛門は言った。

「ですが、意識は失ったままです。声をかけても返事もしないらしく」

「だが、命は助かったのだな……よかった……今すぐにでも行ってみよう。帰って早々だが、おまえも一緒に来てくれ」

「はい――」

道々、吉右衛門は、『河内屋』が抱えていた最近の普請について話した。

丁度、公儀から頼まれた川浚(さら)いの仕事に取りかかっていたらしい。新大橋(しんおおはし)の下流、箱崎(はこざき)の一角は洲(す)ができやすいところなので、川底を整えねば、川船が往来しにくくなる。

その浚った土砂は、本所猿江(ほんじょさるえ)御材木蔵の内堀と大川(おおかわ)御船蔵前出洲(でず)に埋め立てて、一万坪ほどの町屋にする。それは、幕府によって決まり、もう十数年も前から普請が重ねられていた。だが、洲を掘り上げて、その土砂を他の洲に移すという浚渫はかなり大がかりな作業で、難航し続けていた。ゆえに、途中から請け負った桐之助としても、頭を痛めていたという。

普請は町奉行差配のもと、江戸町年寄の協力で、『河内屋』が伝馬や人足の提供、作業場への米や炭、薪などの運送も担っていた。助成金は与えられていたものの、不慣れな浚渫事業である。江戸の地割りなども請け負っている高山家としても、日頃から尽力していた普請である。

何日も豪雨が続くと、埋め立てた洲が流れる。また、近年続いた火事や地震による瓦礫が混じって、作業が困難になっていた。人足たちの仕事が増えるのはいいが、公儀からの普請金は定まっているため、『河内屋』のような普請請負問屋が、借金をせざるを得ないことになる。

その負担を軽くするために、両替商は低い利子で金を貸し、町奉行所はその借金の返済期間に猶予を与える。だが、お上は何かにつけ、金を出し渋り、税や借金は強く取り立てる。それゆえ、普請現場との間に挟まっている桐之助は、苦悩していたという。

「——それにしても、切腹することはなかったのに……なぜ俺に一言、相談してくれなかったのだ」

　和馬は悔しそうに言うと、吉右衛門も悲しそうに頷いた。

「桐之助さんは人に迷惑をかけるのを嫌がりましたからな。真面目な人ほど、自分を追い込みますからね……なんとか、桐之助さんの意識が戻ればいいのですが……でないと、これまでやってきたことが、あまりにも……」

「だな……俺も普請請負を勧めてきた身として、責任を感じる」

「いえいえ。若殿も自分を責めないようにお願いしますよ。御公儀から命じられたことはいえ、そもそも『河内屋』だけで請け負うのは無理だったのでしょう」

「だが、桐之助さんが頑張ったお陰で、仕事がなかった人たちに、幾ばくかの潤いをもたらした。俺は褒めたい」

「おっしゃるとおりです。でも、世間は必ずしも、そう思っておりません」

「どういうことだ」

　訝しげに目を向ける和馬に、吉右衛門は歩きながら答えた。

「あまり、誰もやりたがらない浚渫ですから、『河内屋』が独り占めしているようなものですからね……厄介事は人に押しつけるくせに、やっかみだけは言う輩もいる」

「それは世の常だ。桐之助さんは、そんなことを気にする度量の狭い人じゃない」

「分かっております。でも、『河内屋』だけが儲け始めると、『元は旗本だ。どうせ、お上に賄(まいない)を渡して、自分だけがいい目をみているのだろう』との悪評ばかりが……」

「ふむ。言いたい奴には言わせておけ」

「そうはいっても、商人は小さな人の噂や小言でも、気になるのです」

「……とにかく、桐之助さんには快復して貰って、なんとかせねばな」

和馬は自分のことのように、事の重大さを受け止めていた。

深川診療所に来たものの、まだ桐之助は意識が戻っていなかった。腹部を切っており、血が沢山(たくさん)流れ、止血し縫合したものの、意識が遠のいていると藪坂は言った。

「治る見込みは……あるのですか」

和馬の問いかけに、藪坂は何とも言えないと答えた。かなり窶(やつ)れた顔になっており、誰の声も桐之助には届いていなかった。

「どうして自害なんか……」

傍(かたわ)らの手代・長吉(ちょうきち)に和馬は訊いた。色々な借財はあるが、公儀からは無利子無期限ということになっているし、返済ができないときは、公儀が負担する取り決めになっている。

「だから、死ぬことを考える必要はない」

「ええ、それですが……」

長吉は答えた。

「番頭の宅兵衛さんが、五百両ほどの金を持ち逃げしたのです」

「持ち逃げ？　店の金を」

「借りていたお金を両替商の『辰巳屋』に返しに行くと言い、そのままドロンです」

「宅兵衛は見つかっていないのか」

「はい。番頭さんは以前から、侍上がりの桐之助さんのことが、どうも気に入らず……でも、店の金を盗むなんて、人でなしだ」

長吉は悔しそうに吐き捨てた。

宅兵衛のことを信頼していた桐之助は、自分を責めていたという。この一件が、桐之助の切腹の引き金になったようだ。しかし、浚渫事業のための借金や番頭の逃走が自害の原因だとしても、長吉は腑に落ちないことが幾つかあるという。

「腑に落ちないこととは？」

和馬が訊くと、長吉は頷いて、

「たしかに桐之助さんは、人足代などを立て替えるために、両替商から金を借りることはありましたが、それができるのは公費が後で入るからです」

「承知している。公儀の普請ゆえな、どうやらお上の都合が見え隠れするな……長吉、おまえは、改めて店の借金について、調べ直してくれ」

「で、若殿は……」

心配そうに吉右衛門が訊くと、

「まずは、この事業を差配している奉行に当たるしかあるまい」

と眠ったままの桐之助を見ながら、和馬は申し訳なさそうに目を閉じた。

三

北町奉行所を訪ねると大概、遠山左衛門尉景元は会ってくれないので、ふだんは深川の別邸に来たところを狙う。だが、今回は急を要するので、呉服橋門内の役宅を訪ねた。

「これは、珍しや。だが、高山殿……おぬしが私に会いに来るのには、いつもなにがしか大変な時に限るからのう」

皮肉を言う遠山に、和馬は挨拶もそこそこに、『河内屋』桐之助が切腹を図ったことを伝えた。一命は取り留めたが、何があってもおかしくはない症状で、自刃の原因が、公儀の浚渫普請にあるであろうことも報せた。

「日々の治安や災害対策、町政に多忙を極めている遠山左衛門尉様にとっては、公儀普請のひとつに過ぎないでしょうが、武士を捨てて普請請負問屋になった近藤桐之助さんは、全身全霊をもって使命をまっとうしてきました」

「承知しておる」

「私が暮らしている深川、猿江の御材木蔵の堀や墨田（すみだ）河口の洲を浚って、新しい町を造成するのは、御公儀が命じたことです」

「さよう。大久保兵部をはじめ、小普請組のおまえたちには、苦労をかけておる」

「桐之助さんの切腹は覚悟の上です。切腹とは、真実を晒すためにやります」

和馬は睨み上げるように、遠山を見た。

「──まるで、公儀が追い詰めたとでも言いたげだな」

「桐之助さんが死を覚悟した、本当の理由を知りたいのです。それを率先してできるのは、町奉行ではありませぬか」

「待て……桐之助は遺書を残しておるのか」

「それはまだ分かりません。私に『河内屋』を調べる権限はありませぬゆえ」

真剣なまなざしを向け続けて、和馬はこれまでの浚渫事業に纏わることを、詳細に話してから、さらに続けた。

「……かように誰かがせねば、江戸中の溝浚いはかないませぬ。それをやらねば、江戸の川船の妨げになるからです。しかも、長年の、火事や地震の瓦礫もある。それで、深川の使われていない堀などを埋めて、新しい町を作る——というのは素晴らしい考えだ思います」

「さよう。幕閣で決めたことだ。江戸は火事が多いゆえ、増えた人々を分散するという意図もある」

「問題は、その先です……掘割を浚って、荷船と水路との流れを滑らかにするのを担うのは当然ですが、此度の浚渫とそれに伴う新たな造成ために、お上から御伝馬役に、普請費として一万両余りが支払われた上に、造成されてできた町の地代は、公儀ではなく、さる藩に渡る……と聞き及びました」

「さる藩……？」

「ご存じありませぬか」

「知らぬ」

「武蔵滝山藩……でございます」

「まさか。さようなことが、あるわけがない」

きっぱりと遠山は否定したが、和馬は事前に調べたことを続けた。

「これは……切腹騒ぎを起こす前に、桐之助さんから聞いていたことですが、滝山藩の今のご当主は、ご存じのとおり若年寄のひとりでございます」

「さよう……」

「今般の新しい町を作る計画も、柳原越後守様が言い出したそうですね。大した儲けにならないから、他の普請問屋は入札さえ拒んだ。しかし、少しでも無職の者を働かせたい桐之助さんは、安くてもいいから請け負った」

「その犠牲になったとでも？」

「かもしれぬ……ということです。今般の桐之助さんの自害騒ぎの裏で……武蔵滝山藩の家臣と『河内屋』に奉公していた娘との婚儀があります」

和馬の話は勿体(もったい)つけているようで、遠山は少し苛(いら)ついた顔になった。

「私も暇ではないのでな。有(あ)り体(てい)に申せ」

和馬は持参していた綴り書を幾つか、遠山に差し出して見せた。

「これは以前、普請奉行と小普請組支配、町奉行、勘定奉行から届いた通達です」

「……そのようだな」

「曖昧な言い草ですね。まあ、どうせ与力か誰かが書いたもので、お奉行様は目も通してなかったのかもしれませぬが……」

「いや、よく覚えている」

「これによって『河内屋』だけは、浚渫については素人ながら、何とか尽力をすると申し出てきて、請け負ったはずです」

「さよう、だった……かな」

「ですが、かの桐之助さんが引き受けた条件として、ひとつは一万両のうち、半分は前払いをすること。そして、残りも三年以内に公儀が支払い、万が一、費用が増えれば、幕府が出すことになっております」

じっと耳を傾けている遠山に、和馬は懸命に説明を続けた。

「造成された新しい町の地代や店の営業などの権利はすべて、『河内屋』が持つというものでした。もちろん、地主は幕府であるけれども、土地の利用は桐之助さんが任されるということです」

「そうだったかな……」

「曖昧ですね。この書面を見てのとおり、金は幕府が全てまかない、新町の地代は『河内屋』が取るという仕組みです。ですが……この通達に反して、新町は武蔵滝山藩の御領地扱いとなり、地代も藩に入る」

「…………」

「これって、おかしくないですか」

和馬は責めたが、遠山は煮え切らない態度で、浚渫と埋立を差配しているのは、たしかに町奉行だが、その後の運用については知らぬと言った。

「なんと、無責任な！　これでは、江戸の町の一部を、武蔵滝山藩にやるようなものです。しかも、藩主であり、若年寄である柳原様が自ら関わっているとなれば、もはや公儀普請の私物化も甚だしい」

興奮気味に畳を叩いて訴える和馬の顔には、険しさが込み上がっていた。いつも穏やかな和馬を、じっと見ていて遠山は、短い溜息をついて諭すように言った。

「そうよのう……担当の与力らが、普請方や勘定方と詮議の上、そう決めたのだろう。人が嫌がる仕事を引き受けたのだ。非難されるほど、桐之助が旨味を吸い取っているとも思えぬが……まだ町ができあがっておらぬ。まだ十年先のことを、今、ガタガタ言うても始まるまい」

「これは異な事……政事とは百年の計があってしかるべきだと存じまするが」

和馬が必死に訴えると、遠山は困ったように顔を書面に移しながら、

「仮に、武蔵滝山藩の御領地になったとして、この若年寄らの取り決めの、どこに不備があるのというのだ」

「なんと……真面目に言っているのですか」

「私には、何が問題なのか、さっぱり分からぬ」

「――分かりました。お奉行も利権に群がる輩のひとりだと判断します。我々、小普請組の苦労話など、立派なお奉行の耳に届けるべきかどうかは迷いましたが、言うだけのことは、述べさせていただきます」

と威儀を正して、和馬は目を見開いた。

「実は、一万両余りの公儀からの金はすべて、武蔵滝山藩の江戸家老・稲倉大膳という者に渡っている節があります。そのことを、遠山様はご存じでしたか」

「いや……」

「その後に、下請け同然に『河内屋』に請け負わせていたのです」

遠山は不思議そうに、和馬を見やり、

「――おぬしは、何でも知っておるのう。それだけ探索できるとは、目付にでもなれるやもしれぬな」

と苦笑を浮かべた。

「冗談はよして下さい。これは事実かどうかはまだ分かりませぬ。まったくの偶然に、耳にしただけでございます」

「偶然に……？」

「先ほども触れましたが、『河内屋』の奉公人が、武蔵滝山藩の家臣に嫁ぎましてな。うちの吉右衛門が親戚……親戚ということで、まあ、それはいいのですが……相手の祖母と昔馴染みとかで、色々と話が弾んでいるうちに、その疑いが浮かびました」

「というと……」

「家老の稲倉は、その縁を利用した……あるいは、利用するために自分の手下を、『河内屋』に近づかせた……とも考えられます」

「ふむ……まるで、陰謀でもあったような口振りよのう」

「大概、〝天下普請〟のような形で、幕府が大名にさせていますがね……今般は、小普請組旗本の救済の意味もあって、『河内屋』にさせました。それを利用した輩がいるということです」

　暗に若年寄の柳原だと言っているのだが、遠山は知らぬ顔で、

「厳しい仕事だが、町場の者たちの雇用が助かっているのも事実であろう。そのために、桐之助が率先して引き受けたのだからな」

「しかしですね、頻繁に起こる豪雨によって土砂や瓦礫が増えるだけで、なかなか完成の目途がつきません……その都度、公儀から金が加えられ、その金は武蔵滝山藩の江戸家老に廻ってます」

「うむ……」

「つまり、深川新町など作る意図はなく、終わりのない浚渫普請を繰り返し、江戸家老は懐を潤しているのではないか……私の愚考でなければいいのですがね」

さらに和馬は続けた。

「仕事が増えると、賃金が嵩(かさ)みます。ですが、肝心の『河内屋』の方には、公儀から廻ってこない。だから、桐之助さんは増えた分を、後から補填してくれると信じて、自分で工面して、人足を集めていたのです」

「なるほどな……」

他人事(ひとごと)のように頷く遠山に、和馬は苛立(いらだ)ちを覚えたが、冷静に訴えた。

「詳細はまだ調べ中ですが、桐之助さんが借金をせざるを得なかったのは、それが理由でございます。善処、賜(たまわ)りたく存じます」

「――相分かった」

「本来、桐之助さんがしなくてよい借金なのです。しかも、その金の一部を、番頭が持って姿を消しました……切腹と無縁ではありませぬ」

　さすがに遠山も、痛ましいことだと顰め面になった。

「弱い者イジメは、遠山様の好むところではありますまい。浚渫普請は、町奉行所差配ですので、どうか善処を賜りたく……」

　詰め寄る和馬に、遠山は頷いたものの、どこまで真剣に対応するかは、まだ分からなかった。若年寄も関わっている事案である。

「桐之助さんは死の淵におります。事と次第では、しかるべき所へ訴え出て、真相を究明したく存じます」

　和馬がそう付け加えると、遠山は無言のまままもう一度頷いた。和馬としては、家老の稲倉が不正を働いているならば、公の場に引きずり出したいと考えているだけであった。

四

　先日の料亭に程近い鰻屋で、吉右衛門は綾佳と一緒に、白焼きなどを肴にして、軽く一杯やっていた。

「嬉しいですわ。こうして、一緒にお食事ができる時が来るなんて……孫娘さん、とっても可愛らしゅうございますね」

綾佳は実に楽しそうに、吉右衛門の顔を眺めている。

「ええ、ええ……気立てもいいですよ」

「ちっとも、お変わりになりませんこと……吉右衛門様は」

「そんなことは、ありません。もう足腰はガタガタです。綾佳……さんでしたよね……も、とても美しい。まったく変わらない」

「嘘ばっかり。名前も忘れてるくらいですからね、思ってもないことを……本当にしわくちゃの婆さん。若い頃に帰りたいですわ」

「それだけは、どうしようもないですな」

「でも、時を戻すことが出来るなら、いま一度、吉右衛門様と……」

吉右衛門はゴホンと咳払いをひとつしてから、綾佳を見つめた。

「つかぬことを訊きますが、日下家は、江戸家老の親戚筋になるのですかな」

「元々、江戸家老・稲倉と日下家では、うちの方が格上でした。でも、稲倉大膳はなかなかのやりてでしてね、いずれ国家老になりましょう」

「そうなのですね」

「もう長年、藩を離れているから、吉右衛門さんには、事情は分からないでしょうが、本家の越後高田榊原家とは違って、争い事が絶えないお国柄なのか、孫の市之進も色々と大変そうです」

「——お察し致します」

「そんな他人行儀な……これからは親戚なのですから、市之進の相談相手にもなってやって下さいましね。吉右衛門さんが側にいれば、鬼に金棒ですわ」

嬉々として話す綾佳に、吉右衛門はどう答えてよいか困っていた。それを照れ臭がっていると思ったのか、

「お互いもう年ですから、いえ老い先短いのですから、残された時を楽しみましょう。ねえ、吉右衛門様」

「ええ、そうですね……」

そう答えながらも、吉右衛門は武蔵滝山藩の内情や、江戸家老の動向をさりげなく聞いていった。和馬から頼まれたわけではないが、桐之助の切腹が、滝山藩と関わっているとなれば、本当のところを知りたいからだ。

高山家はただの下級旗本だが、かつては大目付や目付を担ったこともある。大名や旗本の素行に目を光らせるのが役目だ。だが、和馬の父親は勘定方であったし、和馬

自身も人を疑うような勤めには、どうも向いていないようだった。

ゆえに、江戸市中には、目付をしていた頃は高山家に〝情報〟を流す者たちもいた。薬売りや二八蕎麦屋などに扮して、江戸市中を歩いている者たちだが、小普請組の中にも市中警固と称し、変装して探索の真似事をしている者もいる。和馬の耳には、そういう人からも何かと耳に入るのだ。中には、

――桐之助は濡れ手で粟の儲けをしている。

――御定法に外れたことをしているかもしれない。

――滝山藩と裏で繫がっているようだ。

などという風評も届いていた。

それが事実だとしたら、町奉行が調べる案件だが、小普請組において桐之助の悪事を暴いて、評定所に突き出す手立てもある。しかし、それでは、もし桐之助が何もしてなければ、無実の罪に陥れかねない。ましてや、ますます『河内屋』は小普請組の利権の巣窟かと世間から疑われてしまう。

もちろん、桐之助が罪なことをしているなどとは、みじんも思っていない。ただ、切腹までするほどの背景は、きちんと調べておかねばなるまい。吉右衛門も桐之助のことは、よく知っているから、気がかりであった。

「市之進さんと、おかよの馴れ初めは、どんな塩梅だったか聞いてますかな」

吉右衛門がさりげなく尋ねると、綾佳は笑みを湛えたまま、

「はいはい。さて……どうでしたかね……」

「聞いてないのですか」

「そういう吉右衛門様こそ、どうなのですか」

「私は……なんというか、寝耳に水でしてな。まさか、武家に嫁ぐとは……」

「あら、あなた様も武家ではないですか」

「ま、それはそうですが……『河内屋』で奉公してるものですからな」

誤魔化すように吉右衛門が言うと、綾佳は首を傾げて、

「そういえば……市之進はその『河内屋』によく出入りしてましたからね。それで見初めたってことです」

「ええ、祝言でも聞きました」

「あ、そうでしたかね……『河内屋』ともうひとつ……ええと、『辰巳屋』という両替商にもよく行ってたとか」

「『辰巳屋』……」

表向きはふつうの両替商だが、裏では〝十一〟というべらぼうな利子で金を貸して

いるとの噂のある店だ。

「私はよく知りませんが、この辺りは遊女屋も多いし、旗本屋敷や大名の下屋敷、寺や神社などが、町場の中に点在していて、隠れ賭場が沢山あるそうですね」

「ええ、まあ……」

「そんな、いかがわしい所ばかりですから、『辰巳屋』は儲かっていると、聞いたことがありますわ」

「へえ……綾佳さんは、なんでもご存じだ」

「市之進は私の初孫で、よく懐いてましたからね。江戸に出てきたとき、何でも話してくれてましたのよ……その『辰巳屋』が、『河内屋』とともに、我が藩の江戸御領地作りも、手伝ってくれているとか」

「江戸御領地……？」

「はい。幕府から払い下げの埋め立て地があるとかで……それを、どうするかまでは知りませんがね」

「なるほど、そうか……」

吉右衛門は頷いたものの、桐之助がその裏で不正を働いているとは思っていない。反面、滝山藩が公儀から浚渫普請の金を、半分も受け取っているのは普通ではない。

——もしかしたら、桐之助は、その裏にあるカラクリを何か知ったのかもしれない。

と吉右衛門は勘繰(かんぐ)った。

「……どういうことだろうねえ、綾佳さん」

「はあ……何がです？」

「人には分(ぶん)というものがある。私の主人である高山和馬様は、大勢の人足たちに酒や食い物を差し入れたりすることがある。結構な出費になりますよ。でも、もし商売人になった『河内屋』さんが、そんな真似をしていたとしたら、ダメですな。商いは商い、人の情けは情けに分けないと」

話していると蒲焼(かばや)きを載せた鰻重が運ばれてきた。吉右衛門はこれには目がないので、いきなりぱくついた。

それを、綾佳は頼もしそうに眺めなら、

「鰻なんて、滝山藩ではどこでも釣れるから、食べ飽きてますが……江戸では、男女が一緒に鰻屋に来るのは、理無(わりな)い仲だって、決まっているんですってね」

「へえ、そうなんですか……私はそっちの方は、とんと無粋なもので」

「あら、嘘ばっかり。あんなに沢山の娘さんの憧れの的でらしたじゃないですか」

「私が……？」

「ええ」

「ま、それはともかく、私はね、ひとりの人間が死の覚悟をするほど苦しんでいるのに、その原因を作った奴が、のうのうと生きているのが許せないんですよ」

誤魔化すように吉右衛門が言うと、綾佳は頼もしそうに微笑んで、

「そういう正義感のあるところも、昔からちっとも変わっていませんね。ああ、私も少しばかり、世のため人のために、頑張りたくなりましたわ」

と屈託のない声で言った。

綾佳が藩の事情を深く知っているとは思えないが、少しばかり様子は分かった。吉右衛門は申し訳ない気がして、目の前の苦労を知らないような老女が愛おしく思えてきた。

その夜、外桜田にある滝山藩江戸上屋敷の裏手に、二八蕎麦の屋台が近づいてきた。すると、見計らったように屋敷の裏木戸が開いて、年配の中間が出てきて、

「いつものように、かけ蕎麦を六枚、な」

と頼んだ。

「へえ。毎度、ありがとうございます」

屋台担ぎの親爺は丁寧（ていねい）に頭を下げて、手際よく蕎麦を茹で始めると、中間は代金だと言いながら、一緒に折りたたんだ文らしきものを、前掛けの袋に入れた。

「御家老からだ。いつも美味（うま）い蕎麦だと喜んでなさるから、今日は余計にな」

「こりゃ、相済みません」

平身低頭で受け取る蕎麦屋の親爺は、かけ蕎麦を作って中間に渡した。ひとりになると、こっそり貰ったばかりの文を開けてみた。そこには、二分銀があり何か書かれてあった。

ちらりと見た蕎麦屋の親爺は、文を丸めて目の前の堀川に捨てると、表通りに向かって歩き出した。

両替商の『辰巳屋』は、『河内屋』と同じ深川の大横川（おおよこがわ）に面している。両替商に相応（ふさわ）しい場所ではなかった。近在には材木問屋も多いし、遊女屋もあることから、なんとか商売をしているのであろう。

間口二間ばかりの、その店を訪ねてきた蕎麦屋の親爺を、『辰巳屋』の主人・金兵衛（きんべえ）が迎え入れ、奥座敷に通した。

そこには、黒い羽織姿の武士がいた。人嫌いなのか、常に眉間（みけん）に皺（しわ）を寄せている。年の頃は、五十過ぎであろうか。なかなかの恰幅で、いかにも偉そうだった。

「――ご無沙汰ばかりでございます」

蕎麦屋の親爺が両手をついて頭を深々と下げると、羽織の武士は顰め面のまま、

「何か、事をし損じたか、仙次（せんじ）」

と唐突に問い詰めるように言った。仙次と呼ばれた蕎麦屋は凝然となった。

「は……？」

「近頃、公儀の手の者と思われる輩が、外桜田の屋敷周辺をうろついておる」

「まさか……御前は、あっしを疑っているのですか……」

御前と呼ばれたのは、滝山藩江戸家老の稲倉大膳である。その目は、異様なほどギラついている。蕎麦屋は緊張の顔になって、

「それより、お屋敷ではなく、ここに呼びつけたのはどうしてで？……」

「余計なことはいい。ここまで来るにも、誰かに尾（つ）けられてはおるまいな」

「まさか……」

「どうやら、北町の遠山が何か調べておる節がある。昼間、江戸屋敷にまで、古味という定町廻りを寄越した……深川新町について、訊きたいことがあるとな。他に、浚渫にまつわる『河内屋』のこと、さらには……この『辰巳屋』のこともな」

「『河内屋』について……でも、遠山様は、浚渫普請の差配でありますから、問い合

わせても不思議はないかと」

「なんだ、その偉そうな口振りは」

「も……申し訳ありません」

仙次は俄にびくびくと震え始めた。

「『河内屋』のことだがな……ああ、元侍の近藤桐之助とやらだ……奴は腹をかっさばいたらしいが、まだ生きてるそうだのう」

「あ、はい……」

「その前に、番頭の宅兵衛が、この『辰巳屋』に返すべき金を持ち逃げしたらしいな」

「そ、それが何か……」

「──仙次……おまえは元々、儂の中間で、今でも手当を渡しているはずだが？」

「ありがたいことで……もちろん、江戸の市井にあって、若年寄であられるお殿様のため、江戸市中探索の密命を帯びてます」

「裏切るなよ」

「と、と……とんでも、ありやせんッ」

両手をついたまま、必死に首を左右に振った。

「だったら、もう少し気を配れ……桐之助と同じ小普請組旗本の高山和馬……そこの吉右衛門という爺さんも怪しい」

「怪しい……と申しますと」

「『河内屋』のことを色々と調べておる」

「高山様も、色々と関わりがあるからじゃありやせんかね。『河内屋』桐之助とも親しいですし、切腹を案じてるのでは……」

「だったら、そのことも儂になぜ報せてこないのだ。おまえは、高山和馬とやらからも、金を貰ってるようだが」

稲倉は鋭い目になって、仙次を見据えた。

「ま、まさか……ただ恵んでくれたんです。高山の若殿は、誰にでも金や物をくれてやるのが好きなようで」

「ほう……」

もう一度、険しく睨みつけて、稲倉は話を戻した。

「ならば、宅兵衛を探し出してくるがよい」

「……はい」

「万が一、宅兵衛が裏切るようなことがあらば、儂もこの金兵衛も、遠山に睨まれよう。さすれば、我が殿にもご迷惑がかかる。奴の行く先を探すくらい、造作はあるまい」

「ええ、そりゃもう……」

「もうひとつ……吉右衛門という爺さんに、出歩けないよう、怪我でもさせておけ……日下家を通して、あれこれと探っている節もあるゆえな」

稲倉はそう言うと、金兵衛と顔を見合わせて、不気味なくらい笑った。仙次は背筋を震わせながらも、頷くしかなかった。

五

深川診療所で、藪坂の治療を受けていた桐之助が意識を取り戻した。自分が切腹しようとしたのも失念したかのように、暗澹(あんたん)たる表情だったが、それ以上に、悔やんでいるようにも見えた。

報せを受けて、和馬が駆けつけてくると、桐之助は申し訳なさそうに、

「恥を晒してしまった……武士が切腹し損ねるほどの恥はない……すまぬ。おまえにも迷惑をかけたようだな」

と起き上がろうとするが、藪坂は傷の具合を見ながら止めた。

和馬も労(いたわ)りながら、優しく慰めた。

「心配しましたよ。俺たちのせいでもあります。桐之助さんに何もかも押しつけて」

「………」

「とにかく、一命を取り留めて良かった……それに、もう武士じゃないのだから、切腹なんぞしないで下さい」

半ば冗談めいて、和馬はそっと桐之助の手を握った。

「どんなことがあっても、死んじゃいけない。この世に生まれたからには、世の中を少しでも良くする……あなたがいつも、言っていたことですよ」

「………」

「それに、桐之助さんひとりの身じゃないのですからね」

「俺は女房子供はおらぬし、親兄弟もな」

「いつかは嫁が来るし、子もできる……もっとも、独り身(ひと)の俺に言われたくはないでしょうがね。今だって、桐之助さんがいないと困る人々が、この江戸には大勢いるんです」

「いいよ、そこまで言わずとも……」

拒むように顔を背ける桐之助に、和馬は真剣なまなざしを向けたまま、

「桐之助さん。『河内屋』の店にだって何十人もの奉公人がいて、色々な普請請負に何百、何千の人が関わっている。あなたにいて貰わなければ困る」

「………」

「たしかに、浚渫には下請け、孫請けもいる。すべてを合わせれば、相当の人足の数になるだろうが、『河内屋』あってのことです」

「そのとおりだが、和馬……俺は正直言って、刀を捨てたことを後悔してるよ」

俄に世捨て人のような態度になった桐之助の言うことを、和馬は黙って聞いていた。

「溝浚いの仕事など、俺がせずとも誰かがやれるだろう……それに、俺がこの世からおさらばしたとて、誰かがやる……いや、お節介焼きの和馬殿、おぬしが買って出るのではないのかな」

「いいえ。それは違います」

和馬は当然のように首を振った。

「あなたに、代わりはおりませぬ。桐之助さんを慕っているからこそ、人任せにしないで、苦しい仕事を一生懸命やってる。そういう人足が大勢いる。みんな、あなたを信頼してるのです」

「――信頼、ねえ……ふん。それは違うぞ……番頭の宅兵衛に裏切られた。俺が一番、信じ切っていた奴にな」

自嘲ぎみに笑って、桐之助は天井を仰いだ。

「誰ひとり、俺のことなど信頼しておらぬ。ただ金を稼ぎたいだけだ」

「それでもいいじゃないですか……でも、信頼してる宅兵衛が、そんなことをするからには、何か深い訳がある。俺が雇い主なら、そう考えます」

「おまえは相変わらず、お人好しの若殿だな。人が何と噂してるか知ってるか。あいつは、おだててさえいりゃ……」

小馬鹿にしたように笑いかけた、桐之助は背中を向けて、

「ま、それはいいや……疲れた。ひとりにしてくれ……傷が痛くてたまらん」

「痛いのは生きてる証拠ですよ」

穏やかな顔になって、和馬は桐之助の顔を覗き込んだ。

「約束してくれませんか……元気になったら、私も手伝いますから、また普請場に戻って下さい。でないと、これまでの積年の努力が水の泡だ……いや土砂だらけだ」

「…………」

「此度の一件は、小普請組旗本の首もかかってる。不要になった旗本なんぞに払う禄

はないと、ご公儀は旗本や御家人を減らそうとしているのですからね。だからこそ、小普請組こそ役に立つんだと、人足たちの仕事を増やすための事業を、辞めるわけにはいかないのです」

　桐之助の手をいま一度、ぐっと握りしめた和馬の目は、童（わらべ）のように輝いていた。すぐに桐之助は手を引いたが、

「──おまえも、相変わらず、しつこいな……飄々（ひょうひょう）としてながら、心棒だけは鋼（はがね）のように硬いから、タチが悪い」

　と呟くように言った。

「ええ、タチが悪いですよ。そのタチの悪さを、少しは良くしてくれたのが、桐之助さんじゃないですか。兄貴のようにね」

「兄貴のように……」

「俺が高山家を継ぐ前のことだけど……桐之助さんは、『ぐうたらで何もしてないおまえでも役に立つことがある。真面目で勤勉な人たちの支えになれ』……そう言って、有り金ぜんぶ、俺に出させたんですよ」

「話を作るな」

「覚えてないんですか……ボケるには、何十年も早過ぎるけどね」

「さあ、忘れた……いや、違うな。おまえ得意の嘘話だ……嘘話……」

そう言いながらも、桐之助はわずかに笑みを洩らして、ゆっくりと瞳を閉じた。


この日も——。

吉右衛門は、綾佳に誘われるままに、江戸城のお濠端などを散策していた。九段の緩やかな坂道にさしかかったとき、大八車がなぜか突進してきた。大八車を人に当てれば、それを操っていた人足は下手をすれば死罪という厳しい罰が待っている。

「危ねえぞ！　おおい！　危ねえぞ！」

誰かが声をかけたが、勢いを増して疾走してくる大八車から、吉右衛門は綾佳の手を摑んで避けるのが精一杯だった。だが、吉右衛門は側溝に足を取られて、仰向けに倒れてしまった。

すると、大八車の速さは衰えぬまま向きを変えて、吉右衛門と綾佳の方に勢いを増した。思わず綾佳に覆い被さったが、無惨にも大八車は吉右衛門の体に激突した。

「うわっ——」

それで、大八車も側溝に車輪を落として停まった。が、積んでいた荷物が頭上に落ちてきて、一瞬にして下敷きになった。

そこへ、通りかかった人足やら出商いの者たちが駆け寄ってきて、懸命に荷物や車輪を除けて、ふたりを引きずり出した。

「大丈夫かい、爺さん、婆さん」

「えらい目に遭ったなあ。なんてことしてくれたんだ、まったく」

救出してくれた人たちは、辺りを見廻したが、大八車の持ち主らしき者は何処にも見当たらなかった。

「怖くなって逃げたのかもしれねえな」

「とにかく、大事なさそうでよかった……」などと言いながら、人足たちに綾佳は助け上げられたが、吉右衛門の方は苦痛に声も出なかった。まったく動けない。どうやら、車輪の下になった足の骨が折れたようだった。

ぐっと我慢している吉右衛門だが、さすがにひとりではどうにもならず、何人もの通りがかりの人たちに助けられた。

「いや……これは済まぬ……申し訳ない……あたた……いてて……この前は腕で、今度は足だ……ひいひい」

さすがに吉右衛門も悲痛な声を洩らした。

「ごめんなさい、吉右衛門様……ああ、どうしましょう……」

綾佳は混乱したようにおろおろしていたが、誰かが懸命に慰めた。ふたりのことを夫婦と思ったのであろう。

「大丈夫ですよ、奥様……旦那様は足を痛めたようだが、頭は打っちゃいねえ。心配なさいなさんな」

「ああ、すまないねえ……ありがとう、ありがとう……」

吉右衛門が歯を食いしばって礼を言うのを、綾佳は泣きそうな顔で支えていた。

そんなふたりを、坂の上から、仙次が見ていたが、吉右衛門からは分かりようもなかった。すぐに近くの町医者に運ばれたが、その日のうちに、深川診療所に運ばれ、またぞろ千晶に世話になることになった。

綾佳には下屋敷に帰るようにと言ったが、

「いいえ。吉右衛門様のお側で、面倒を見とう存じます」

と無理遣り、ついてきた。

ふたりの間柄や事情を知った千晶は、

「仲良しですねえ」

とからかいながらも、藪坂先生が見立てた上で、治療をすることとなった。

膝がずれて、しかも向こう臑がへし折られるような形になっているから、かなり複雑で、痛いはずだ。だが、吉右衛門は歯を食いしばっているだけだ。その辛抱強さに、千晶は驚くほど感心した。

「でも、ご隠居さん……愛しの人を助けることができて、よかったですね」

千晶の言い草は冗談めいていたが、吉右衛門は我慢するのが精一杯で、綾佳も心の底から悲しそうな目をしていた。

「――おふたりの気持ち……よく分かるわ」

と千晶は呟いた。

六

図らずも桐之助と同じく、深川診療所の世話になることになった吉右衛門を、綾佳は毎日のように訪ねてきた。まるで女房のように甲斐甲斐しく面倒を見る微笑ましい姿に、千晶も楽しそうに眺めていた。

「こんなに親切にされては、申し訳が立ちませぬな」

吉右衛門は照れ臭がると、綾佳は当たり前のように寄り添いながら、

「何をおっしゃいます。私を助けるために、あなたはこんな大怪我を……治るまで、お世話するのは当たり前ですわ……できれば、治った後も……」

と側にいるのが当たり前のように言った。

「ご迷惑をおかけします」

「ほら、また他人行儀なことを……うふふ……思い出しますわね。若い頃も、こんなふうに肩を並べて……うふふ」

「……」

困ったような嬉しいような、曖昧な笑みを湛えながら、吉右衛門もまんざらでもない様子で、綾佳を眺めていた。

隣室の一角では——。

容態が快復してきた桐之助を、和馬が訪ねてきた。動けるようになったら、引き続き頑張ってる人足たちを励ますために、普請場などに行ってみないかと誘った。

今でも店に戻れないことはないが、藪坂はまた切腹するのではないかと案じていた。それほど心が安定していないと感じていたからである。そのことは、和馬にも伝えられていたから、足繁く通っていた。

その親切な態度が、桐之助を余計に苛立たせたのか、看護をしてくれる下働きたち

に悪態をつくこともあるという。和馬の懸命の励ましにも、

「おまえは俺を買い被っておる……俺が普請場に行ったところで、大変な作業をしてる奴らからは迷惑千万なだけであろう」

　卑下するように言う桐之助だが、和馬はにこにこ笑いながら、

「まさか。人足組頭の寛平なんか、一緒に飲みたがってると思いますよ」

　と言った。

「寛平……が、何か言ったのか」

　ほんのわずか、桐之助の目尻がピクリと動いたのを、和馬は見逃さなかった。

「どうかしたのですか、寛平が？」

「いや、何でもない……奴らのことなど、今はどうでもいい」

「——あなたの顔を見せろとは言いません。だが、下々の者が働いている姿を見たら、桐之助さんも元気になると思いましてね」

　和馬はわざと「下々の者」と言ったのだが、桐之助は頬を震わせて、

「汗まみれ泥まみれで働いている人々が、下々の者、か……ふん。そんな言い草をするとは、やはり立派なお武家様だな」

「あ、いや……これは申し訳ない……」

「口では綺麗事を言っていても、おまえは根っからの若殿様だよ。うちのように、町人が御家人株を買って成り上がってきたのとは、違う旗本のお殿様だ。俺は武士を捨てたといっても、所詮は元に戻っただけのことだしな」

皮肉を繰り返す桐之助に、和馬は真顔になって強く言った。

「だったら一緒に見廻ろうじゃありませんか。みんな、桐之助さんが切腹したことを案じてる。あなたが顔を見せれば、『河内屋』が元気だと分かれば……変な噂も払拭できると思いますがね」

「——変な、噂……？」

「ええ。桐之助さん、あなたは、武蔵滝山藩の不正に荷担している……という噂です。それを苦にして、切腹した……そんな話がまことしやかに流れてますよ」

「…………」

苦虫を嚙んだような顔になって、桐之助は俯いた。

だが、隣室にいた綾佳が身を乗り出すように、

「うちの藩のことでしょうか。不正って、なんの話ですか」

と訊いてきた。

桐之助は、なんでもないと言ったが、和馬はあくまでも噂だと前置きしてから、

「それがですな、綾佳様……あなたのお孫さんの日下市之進さんも関わっている節があるので、聞いて下さい」

と話し始めた。一瞬、桐之助は止めようとしたが、和馬は構わず続けた。いや、あえて桐之助に向かって言っているようだ。

「この桐之助さんが請け負っているのは、浚った土砂で作られる深川新町という、新しい江戸の町……埋め立て地を武蔵滝山藩の所領地にするということなんですが……」

和馬は、これまでの経緯を伝えてから、綾佳に話した。

「そこに、繁華な町を作ります。関八州から江戸を訪れてくる者たちを迎える宿場町のように、旅籠や茶店、居酒屋……近くには、富岡八幡宮があるから、大勢の参拝客も見込めるし、散らばっている遊郭を、この深川新町に集めて、吉原のようにしようということまで話し合われている」

「そのようなことが……」

「本当の狙いは遊郭の町。そして、藩が公認の賭場まで作ろうとね」

「まさか、さようなことなど、できますまい」

「滝山藩の藩主が、若年寄だからこそ、できることなのです」

「うちのお殿様は立派な御仁です。ふしだらな町を作るとは、到底、思えません」

「私もそう思っていました。しかし、事実、着々と進んでいる。ですが、藩主の柳原越後守様が知っているかどうかは、別です」

「――と申しますと……？」

綾佳は首を傾げながら、和馬の方に近づいてきた。

「獅子身中の虫……というのは、何処にでもいるものです。偉い人の側近であるのをよいことに、己の腹を肥やすことだけに一生懸命な輩のことです」

「もしかして、それは……江戸家老の稲倉大膳様だ、とでも……」

と言いながら、綾佳は吉右衛門の方を振り返った。同じような話を聞かされたから、勘が働いたのだ。

「そうです。稲倉様は、かなりの野心家だということが、私の調べでも分かってます」

「えっ……」

「あなたの孫の市之進さんは、稲倉様の忠実な家来です。浚渫から埋め立て地を請け負う『河内屋』に探りに入らせ、この桐之助さんから、様々な内情を仕入れた」

「………」

「桐之助さんと深い繋がりを結ぶために、市之進さんは、おかよと情けを交わしたとも考えられます」

「嘘です、嘘ですッ」

綾佳は大きく首を左右に振りながら、

「稲倉様は確かに野心家かもしれませんが、政事を行う人ならば誰でも持っているものです。そうでないと、藩政を良くして、民百姓を守ることなどできないからです。我が日下家も、藩主の柳原家とも稲倉様とも、親戚関係にあります。それを受け継ぐ市之進が、何らかの不正に荷担するなんて、あり得ません」

と興奮気味に反論した。

「不正に荷担した……とまでは申しておりませぬ。市之進さんは若いから、老獪な稲倉様に利用されただけかもしれない。だからこそ、私もはらわたが煮えくり返っているのです」

和馬もまた気が昂ぶってきて、悔しそうに拳で膝を叩き、いま一度、桐之助を振り返って、語気を強めた。

「ねえ、桐之助さん……あなたが切腹した理由は、稲倉様からの無理難題に、耐えきれなくなったからではありませぬか」

「…………」

「寛平たち人足に渡すべき、公儀から渡された金を、稲倉様に渡さざるを得なかった。だから、『河内屋』は借金が増えた……違いますか」

和馬が迫ると、桐之助はそっぽを向いたまま、

「おぬしは俺に……生き恥を晒させているのか……」

とまた嫌みな言葉を洩らした。

「死に損ないで、金もなくしてしまった俺に、恥の上塗りをさせるつもりか」

「桐之助さん……」

「そこまで、俺のことを心配してくれるのならば、和馬……おまえが……高山家が人足たちの面倒を見ればいい。宅兵衛が持ち逃げした金を立て替えて、『辰巳屋』に払ってくれ。そうすりゃ、みんな助かる」

「ええ、結構ですよ」

和馬は当然だというように、すんなりと答えた。

「そもそも、浚渫事業については、俺が言い出したことだし、町奉行の遠山様も承知している。でも、宅兵衛が持ち逃げした五百両もの大金を、俺だけじゃ無理。普請奉行、作事奉行、勘定奉行らにも、此度の事情をきちんと話せば、必ず良い策が浮か

ぶ」

「……………」

「だから、桐之助さん自身が元気になって、職がなくて困っている人たちに、手を差し伸べる姿が見たい」

和馬はそんな話をしながら、桐之助の肩を叩いて、

「その前に……稲倉様の不正を、きちんと評定所へ訴え出ましょう。あなたが自分の落ち度だと切腹をしても、悪い奴らが喜ぶだけじゃないですか……ねえ」

と静かに言うと、吉右衛門も隣室から、「そうしなさい」と声をかけた。

その時、綾佳が和馬にしがみつかんばかりの勢いで、

「なんという無礼なことを！　仮にも江戸家老の稲倉様を悪し様に……その上、私の孫までを罪人扱いして、許し難いですッ」

と、さらに興奮してきた。

「落ち着いて下さい、綾佳様……私は、市之進殿がもっと悪い淵に落とされぬよう、案じているのです」

「嘘よ、嘘……！」

「きっと稲倉様に利用されているだけなのでしょう。市之進殿が、おかよに惚れてく

れたことには、嘘偽りはないはずです。でないと、祝言など挙げるはずがない」

「やめて下さい……私の大切な孫を、まるで咎人扱い！　あんまりです。これ以上、無理無体なことを言えば、この私が許しませんよ。日下家の意地をかけて、いえ、武蔵滝山藩の誇りをかけて、断固……！」

綾佳の顔は、のぼせたように真っ赤になってきた。そして、和馬の胸ぐらに、力任せに摑みかかった。

「――おい、吉右衛門……」

助けを求めると、吉右衛門は足を引きずりながらも、懸命に綾佳を引き離した。そして、ぎゅっと抱きしめて、

「落ち着こう、綾佳さん……悪かった。つまらぬことを言って、申し訳ない……」

「なんですか！　やめて！」

今度は綾佳の方が、乱暴に吉右衛門のことを突き飛ばそうとした。それでも、しっかりと抱きしめて、まるで子供でもあやすように、頬を擦りつけた。

すると――。

「ぎゃあ！　誰え！　よして下さい！　あなたは、一体、誰ですか！」

と裂帛の叫び声を上げた。

「綾佳さん。俺だよ、吉右衛門だ……どうか、落ち着いてくれ」

それでも、爪を吉右衛門の顔に突き立て、押し返しながら、綾佳は叫び続けた。

「誰ですか！」

「吉右衛門だよ、よく見てご覧。さ、落ち着いて」

「違います。あなたは吉右衛門さんなんかじゃない！　誰！　気持ち悪い！　離れて下さい！　離れて、この無礼者！」

「綾佳さん……！」

「誰、この人ッ。嫌です。誰か、助けて下さいまし！」

騒ぎに驚いた藪坂が飛んできたときには、綾佳はまるで何かが憑依したように、面相が変わっていた。その体を羽交い締めにしながら、藪坂は若い医者らを呼びつけ、鎮静薬を飲ませるよう指示するのであった。

七

深川新町は材木置き場の外れ、〝十万坪〟の空き地も含めての町となる。

目の前には江戸湾が広がっていて眺めがよく、潮風が漂う心地の良い所であった。

この辺りに、宿場町ができれば、「江戸らしさ」を他国者にも味合わせることができる。

主に隅田川下流から浚渫してきた土砂を埋め立てる作業は、想像を絶する大変な普請で、沢山の水気を含んだ土砂を幾重に積み重ねても、沈下するから難儀だったのだ。その上、もし地震や水害が起これば、たちまち崩壊したり流出したりする。他の場所から取ってきた大きな石や杭を埋め込み、幾重にも基礎を固めなければならない。この作業を長年やってきたが、遅々として進まない現状を見るにつけ、

——公儀普請は無駄遣いだ。

と騒ぎ立てる町人たちも多かった。

「要するに、仕事にあぶれた者たちを救済するだけで、何も生みはしないじゃないか」

そう批判されるのだ。小普請組支配が担当だけに、余計、大袈裟に騒がれることが多かった。そんな酷い言葉を受けても、桐之助はじっと耐えてきたのだ。町人たちの批判が的外れではないからだ。

しかし、日雇いで稼ぐ人々がいるから、商人たちも物を売れるし、天秤棒を担いで市中を歩き廻る棒手振りも魚や蜆などが売れる。近在の百姓が作った菜の物も売れ、

髪結いや古着屋も儲かるのだ。

　第一、川底や掘割に堆積している土砂や瓦礫を除去しているからこそ、下水が流れ、船も往来ができ、当たり前の江戸の暮らしが成り立っているのである。これまでも、塵芥を海の沖に埋めて島を作ってきたが、土砂で作る深川新町には、江戸日本橋とも繋ぐ湊も造る計画があった。

　そのため、今日も強風の中、何十艘もの〝土砂船〟が押し寄せ、何百人もの人々が塵芥混じりの土を揚げては敷き固める作業を繰り返していた。この広い埋め立て地は、すでに一万坪近くある。遠目から見れば、蟻がせっせと獲物を運んでいるように見えるが、その姿はいじらしいほどだった。

　小普請組支配の下、組ごとの人足たちに分けられて、作業を進めていた。当初、和馬の組は思った以上に早く作業は進んでいたが、ここにきて少しばかり進捗状況が悪かった。

　なぜなのかと見廻っていると、和馬の組内の人足頭が声をかけてきた。寛平という四十過ぎだが、誰よりも屈強な体つきの男で、日焼けした顔もいかつい。

「これは珍しや、高山の殿様」

　作業が一段落しているのか、他の人足たちも握り飯などを食べながら、腰を上げて挨拶をした。寛平は強面（こわもて）ながら、親しみのある態度で、近づいてきた。

「なんか、ありやしたか。先日の豪雨で海の方に崩れた所があるんでね。今日は、それを修復してたんですよ」

殿様と呼んでいるのは、〝ご愛敬〟のひとつである。口が悪いわけではないが、寛平は気さくに殿様と呼んでおり、自分たちは家来だと称している。

「それはご苦労だな。みんな、頑張ってくれ」

和馬は皆の衆に手を上げて笑いかけたが、寛平は他に意図があるのではないかと、勘繰るような表情で見ていた。

「何かあったんですか、殿様……あ、そういや、『河内屋』の桐之助さん、容態はどうなんですか。みんな心配で心配で」

「運が良かったのだろう。大きな傷はできたが、深くまで入らなかったから、治癒したら、またみんなに会える」

「そりゃ、良かった……あの人がいなきゃ、この普請場は、到底、持ってなかっただろうなって思う」

「ああ、そのとおりだ。まだ治癒には時がかかるが、みんなの顔を、一日でも早く見たいって話してたぞ」

桐之助が言ってもないことを、和馬は伝えた。

「へえ、あっしらも、また一杯一緒に飲めるのを楽しみにしてます……それにしても、殿様が出張ってきたから、またぞろ、何か厄介事でもあったのかと思いやしたよ」

「厄介事……いや、普請はすべて、家来のおまえさんたちに任せてるから、何も案ずることはないよ」

「本当ですか？」

「もちろんだ」

和馬は持ってきた一升樽を手渡して、

「少ないが飲んでくれ。みんなのは作業小屋の方に、四斗樽を運んできてるから、後でゆっくりやってくれりゃいい」

と人足たちに向かって言った。

「毎度、ご馳走さんです！」

人足たちが口々に礼を言った。和馬は手を振って答えてから、

「寛平とは、サシでやりたいのだが、今夜、少し付き合ってくれぬかな。もちろん、俺の奢り(おご)だ」

と誘うと、寛平はふたつ返事で、

「しょうがねえなあ。殿様の命令じゃ、飲まねえわけには、いかねえじゃないか。このくそ忙しいときに、参ったなあ」

「いつも押しつけがましいな、寛平は」

「殿様こそ、いつも突然じゃねえですか。俺だって、カカアやガキがいるんでやすからね。酔っ払って帰ったら怒られるんですよ」

「もう酔うつもりなのか」

「殿様は下戸(げこ)だから、付き合う方も大変なんですよ……でも、そういうところがいいなあ。俺は殿様のこと、大好き」

「大好きなのは酒だろうが」

「違えねえ！」

自分でおでこを叩いてから、後ほど約束の店に向かうと寛平は約束をした。

だが、待ち合わせの富岡八幡宮参道から一筋入った所にある船宿に、寛平の姿はなかなか現れなかった。この船宿は川遊びのとき使うが、和馬が大切な話をする折にも立ち寄ることが多い。

二階の座敷で、表を流れる大横川を眺めながら、酒は飲まずに鯉(こい)の洗いなどを先に食べていたが、重い潮風を受けたせいか、

——妙だな……。
と不安が込み上がってきた。
たまらず船宿から通りに飛び出て、川沿いの道を〝深川新町〟の方に向かっている
と、黒い人影が幾つか浮かんだ。小競り合いの乱暴な声もする。
突っ走る和馬の顔にも焦りが浮かんだ。
「やめろ！　何をしてるのだ！」
駆けつけて目にしたのは、やはり怪我をした寛平の姿だ。数人のならず者が多勢に
無勢で、しかも刃物で痛めつけていたようだ。
「ううッ……俺としたことが……」
寛平は胸や背中に傷を受けているが、致命傷にはなってなさそうだった。
「……貴様ら。こいつに何をしようというのだ。誰に頼まれた」
和馬が迫ると、ならず者たちは「うるせえやい！」と握っている匕首で突っかかっ
てきた。余りの勢いに、和馬は避けきれない——ように見えたが、次の瞬間、抜刀し
ており、相手の腕に斬りつけた。匕首を握りしめたままの手の甲がぱっくりと裂けて
いる。
「ひ、ひえぇ……た、助けてくれぇ！」

「次は首を刎ねるぞ」

睨みつけて、和馬が迫ると、怪我をしたならず者は悲鳴を上げながら後退りした。他の者たちも啞然として逃げ出した。

睨みつける和馬の顔は、めったに見せたことがないほど怒りに満ち、般若の面のようだった。さらに刀の切っ先を向けて一歩踏み込むと、そのならず者も這々の体で逃げた。

深川診療所は離れているので、すぐに船宿に戻り、店の者に頼んで千晶を呼び寄せ、手当てをした。さほど深傷ではないとはいえ、化膿しないように、気をつけねばならないと、千晶は丁寧に傷口を塞いだ。

寛平は怪我の痛みよりも、あんな輩をぶっ飛ばせなかったことを悔しがっていた。

「昔なら、あんな手合い、簡単にやっつけられたのによ」

苦笑いをしたが、いきなり刃物を突きつけるとは、単なる脅しではなかろう。寛平は命を狙われる理由などないと言うが、和馬は気になることばかりだった。

「それにしても、殿様が来てくれなかったら、本当に殺られていたかもしれねえ。家来が助けられちゃいけねえな」

と寛平はそこまで話して、俄に不安げに和馬の顔を見た。

「――殿様……もしかして、俺が狙われたことと、桐之助さんが切腹したことに、関わりがあるんでやすかい？」

桐之助は普請場の棟梁のように一緒に働き、時には人足をみんな集めて、飲めや歌えやのドンチャン騒ぎをしていた。猛者（もさ）どもは酒の飲み比べなどをして、一晩中になることもしばしばだった。そうして日頃の憂さ晴らしを、させていたのだ。

「やはり、何か知っているのだな？」

和馬の方から探りを入れるように訊いた。寛平は黙っていたが、ぐいと酒を飲んだ。

「傷に障（さわ）りますよ」

横合いから千晶が言ったが、寛平は「薬だよ」と返して、

「そりゃ、殿様……普請現場には色々あるんですよ……俺だって、十三の頃から、この仕事をしてんだ。あんなならず者くらい、ぶっ飛ばせないほど、体にもガタがきて、いい加減、自分でも嫌になってやすよ」

「そういうふうには見えないがな……」

「殿様のように立派な着物を着て、いいものを食って……いや皮肉で言ってるんじゃねえですよ。殿様が、多くの名もなき人々のために尽力してくれているのは、俺は百も承知してる。けど……いい女を侍らせて、ぬくぬくとした所での暮らしとは、一生

縁がねえと思う……」

「だから、なんだい？」

「あっしら、そのために苦労しているんですからね。少しくらいは報われてえや」

「給金が足りないのかな」

「そういう訳じゃありやせんが……」

不満そうな声を洩らすと、傍らで聞いている千晶が憮然となって、

「ちゃんと貰えるだけ、いいじゃないですか。私たちは只同然で働いてますよ。しかも、病人相手ですから、こっちだって〝流行病〟になるかもしれないのに」

と腹立たしげに言った。

「——すまねえな、千晶さん……俺たちが怪我をした時も、真っ先に駆けつけてくれるのによう……とんだ心得違いだ」

「あれ。寛平さんに素直になられても、ちょっと肩透かしだなあ」

寛平はぐいと酒を飲み干すと、怪我の痛いのを我慢するように正座をした。

「殿様が訪ねてきたのは、もしかしたら……って思ってやしたが、俺たちが何か悪さをしていると考えてのことでしょ」

「正直に話してくれるか……ただ、俺は、おまえたちが進んでやったとは思ってな

い」

　含みのある言い方をしたが、和馬はまだ探りを入れているのだ。だが、寛平は根が正直なのか、「へい」と頷いた。

「――俺たち普請人足は、ただ毎日、仕事ができればそれでいいんです。だから、何の文句も言わずに、せっせと深川新町を作るために、埋め立ててきたんだ。もう十年もな」

「ああ……」

「誰かが、あくせく働く蟻みてえだなと言ってたが、俺たちは蟻とは違う。大きな立派な町を作るって夢があるからな」

　寛平はポンと膝を軽快に叩いた。とても、刃物で刺されたばかりには見えない。

「殿様はどうせ、あぶれ者に仕事を与えてやってる……だけかと思ってるかもしれねえが、俺たちはみんな、銭のためだけに働いているんじゃねえ。誇りのために働いてる。俺たちの町を作るってな」

　今度は胸をドンと叩いて、寛平は真顔で、

「綺麗事で言ってるんじゃねえぜ」

　と続けた。

「俺たちの町……か」

和馬がおうむ返しに言うと、寛平は鋭いまなざしのままで言った。

「この長年の普請は、掘割を浚うのも含めて、『河内屋』が担ってくれた。俺は、主人の桐之助さんとの約束を忘れてねえ。あの人は立派だ。みんな、あの人のお陰で、カカアを貰うこともできたし、子も儲けられた。人並みの幸せを手に入れることができたんだ」

「…………」

「殿様にだって感謝してる。桐之助さんは、俺たち人足にとっちゃ、お天道様のような人だった……ああ、どんなに辛くても、励ましてくれる、お日様のような人だ……桐之助さんは、深川新町は、俺たちがみんな仲良く住める安住の地になるからって、そう話してくれてた……」

寛平は感極まったのか、言葉が詰まった。

「旗本の殿様には、この気持ちが分からないかもしれねえが、俺たちが暮らせる、俺たちだけの町……それができると思って、みんな頑張ってきたんだぜ。だけどよ……」

「だけど……」

「そのささやかな夢が……嘘だったと分かったとき……俺たちゃ、何年も何をやってたんだ……そう思ったぜ……」

「嘘だった……とは、もしかして、旅籠や遊郭になるってことか」

和馬が訊くと、寛平は驚いたように頷いて、

「えっ……殿様も知ってたんですかい」

「滝山藩の御領地になる、ということには、俺はずっと反対してきた。桐之助さんと同じだよ。おまえたちの町にするために、深川新町を造るんだ」

「ですよねえ……でもよ、それは無理だと、桐之助さんは諦めた……」

「諦めた……？」

「ああ。だったら、きつい仕事なんざすることはない。違う所に造ろうって、桐之助さんが言い出してね」

「違う所に、だと……」

「何処にどう造るかは分からねえ。けど、滝山藩なんぞの土地を埋め立ててるのなら、違うところで頑張ろうって」

「…………」

「その金がないのは百も承知してる。だけど、頑張ろうって……悪いのは、滝山藩の

江戸家老ってことだ。さっきの連中も、そいつに雇われたんだろう」

　意外な寛平の言葉に、和馬は身を乗り出した。

「なぜ、狙われたのだ」

「番頭の宅兵衛の行方を知ってるのは、俺だからよ」

「――おまえが……どうして……」

「『辰巳屋』へ返すべき五百両を、そのまま持って逃げろと宅兵衛さんに指示したのは、他の誰でもねえ、桐之助さんなんだ」

「ええ……!?」

「桐之助さんは、俺たちのために、違う所で町を作るために、その金を使えって、それくらいしか、俺にはできねえって……」

　和馬は少しずつ分かってきた。桐之助は、滝山藩江戸家老の別の狙いに気付いて、耐えられなくなり、金を横取りした。宅兵衛が持ち逃げしたことにして、それを人足たちに渡させる。そして、桐之助は番頭がしたことの責任を取って、切腹した――。

「だから、俺たちゃ……俺たちゃ……」

　半泣きで拳を握りしめる寛平を、じっと見つめていた和馬は、深々と頭を下げた。

「――すまなかった。桐之助が腹を切ったのも、おまえたちのことを考えてのことだったんだな……知らなかったこととはいえ、俺の責任でもある……桐之助にこんな思いをさせてたとは……」

「よして下さい、殿様……本当は俺たちだって、食い扶持をくれているだけで、感謝してるんです……なのに、てめえらだけが暮らす町だなんて、虫が良すぎたんです」

「…………」

「でも、桐之助さんは真面目だから……俺たちの思いを、まともに受け止めて……追い詰めたのは、俺たちなんだッ」

寛平は顔を上げて近づき、和馬の手を握りしめて、力強く言った。

「でも、俺たちは決めたんです。必ずみんなが一緒に暮らせる町を造ろうって……また石ころや葦原(あしはら)をどけることから始めてよ、ちゃんと造ろうって」

「ああ、そうしよう……桐之助のためにもな……」

しっかりと和馬は頷いて、次にやるべきことを睨み据えたかのように、決然とした目つきになるのであった。

八

江戸城辰之口にある評定所から、『河内屋』設立の責任者のひとりとして、和馬が呼び出されたのは、それから三日後のことだった。評定所は今でいう〝最高裁判所〟のような役目、司法に関する幕府の諮問機関であった。

基本的に、寺社奉行、勘定奉行、町奉行の合議によって裁断されるが、大目付と目付も立ち合う大がかりな裁判もある。

此度は、北町奉行・遠山左衛門尉が進行役となって、深川新町に関する河川の浚渫並びに埋立普請に関わる不正支出について、吟味が執り行われた。

この場には、武蔵滝山藩・江戸家老の稲倉大膳も特別に臨席していた。深川新町が、滝山藩の御領地になることが、〝内定〟していることの証言のためである。だが、滝山藩の藩主・柳原越後守は、幕府中枢である若年寄の職にある。慎重に審議は進められた。

「河川浚渫普請並びに埋め立てについては、おぬしら小普請組が肝煎りで始めた『河内屋』が一手に担っておる。そこで、不正が行われている節があるゆえ、この評定所において、正直に答えるがよい」

威儀を正して構える和馬に、遠山は普段とは違う高圧的な物言いで迫った。

「はい。なんなりと」

和馬も覚悟をもって望んでいる。知っていることはすべて明らかにするつもりだ。

「三奉行による先の詮議にて、武蔵滝山藩の江戸家老、稲倉大膳様にもご臨席を賜り、恐縮至極にございまするが……高山和馬、この御方が、稲倉様であること、相違ないな」

遠山の質問に、和馬は面食らったが、

「はい。間違いございませぬ。何度かお目にかかっておりますし、滝山藩士に『河内屋』の奉公人が嫁ぎました」

「『河内屋』の奉公人が、な……」

知っているはずだが、遠山は首を傾げて、話を戻した。

「つまり、『河内屋』桐之助……元小普請組組頭の近藤桐之助は、稲倉様とも面識がある、ということかな」

「さあ、そこまでは……」

和馬が視線を向けると、稲倉は頷いて、承知していると答えた。もっとも、藩士の日下市之進のことはよく知っているが、花嫁に会ったことはないと伝えた。

「その日下市之進殿は、昨日、この遠山が直々に取り調べた」

「取り調べた……？」

稲倉は少し不愉快な顔になって、

「江戸町奉行といえども、他藩の藩士を、江戸屋敷に断りもなく調べることなどが、できるのですかな」

「大目付も同席しております。しかも、貴殿の主君であらせられる若年寄、柳原様にも許しを得てのことです」

「殿の……」

「さよう。今般、何故に、この場にお呼び立て致したのか、稲倉様は分かっておいでで、ございますよね」

居並ぶ奉行らに負けぬ貫禄の稲倉だが、場の異様な雰囲気を察したのか、余計な事は言わぬとばかりに口を閉じた。その姿を、遠山はじっと見据えながら、

「江戸には、神君家康公が入封してから、武士のみならず、草分け名主など、数々の町名主がいて、この江戸の町を作ってきました。分かりますかな……武士の数が多いのは、貴殿のように諸藩の藩士や役人が住んでいるからであり、江戸はまさしく町人

の町なのです」

「それが、何か……」

「まずは、そのことを忘れないでいただきたい。神君家康公の町なのです」

何度か家康の名前を出すのは、稲倉に対する牽制である。評定所に来たときから、稲倉はずっと不遜な顔をしている。それに対して一喝しておきたい意図もあった。

「遠山様……私が一体、何をしたというのでしょう。不愉快千万でござる」

かように喧嘩腰であっては、おそらく何を言っても、知らぬ存ぜぬを通すであろう。そのために、日下のような家来を使って、自分は表に出ないよう心がけてきたのであろう。しかも、町人を扱う町奉行なんぞと対等に座りたくないと感じているようだった。

「不愉快な思いをさせたのでしたら、謝りまする。このとおり……」

ためらいもなく、遠山は頭を下げた。その芝居がかった態度が、また稲倉には腹立たしかったが、耐えるように黙っていた。

「さて、稲倉様……」

遠山は前日、日下市之進から聞いた話を縷々と述べた。それは、

――深川新町は、武蔵滝山藩の領地になることが、幕閣にて決まっていること。

──ゆえに、公儀から出される普請金の半分は、武蔵滝山藩が受け取り、それを浚渫や埋め立ての費用に充てること。

──公費は、米切手に合わせて、年に三度に分けて支払われるので、当面足りない分は、両替商『辰巳屋』から借りること。

──深川新町が出来た暁には、滝山藩が宿場町を造り、運営すること。その際の収入の一部は、公儀に〝冥加金〟として上納する密約があること。

などを正直に話したという。

「さよう、相違ないですかな。むろん調書として、残しております」

文箱に置いた綴り書を差し出しながら、遠山が話を向けた。稲倉は「失礼をば」と膝を進めて、文箱から調書を手にして、しっかりと目を通した。その様子を、他の〝裁判官〟である寺社奉行と勘定奉行もじっと覗っていた。

「間違いは、ありませぬかな?」

寺社奉行が問いかけた。

「さよう……概ね、日下の話したとおりでございます」

その言葉を受けて、遠山が訊き返した。

「概ね……では、細かいところに移りたく存じます……公儀からの普請費用のうち、およそ半分を滝山藩が……いや、貴殿が懐していると あるが、これも相違ありませぬな」

「懐しているとは、心外なこと。まるで、私は罪人でございますかな」

「不正に取っているなら、罪人といってもよろしいでしょう」

「バカバカしい。江戸家老の私が、公儀からの普請金を預るのは当たり前と存ずるが」

俄にムキになる稲倉を、遠山は冷静な目で睨みつけながら、

「公金を横領した疑いがあると申し上げているのです」

稲倉が言葉を濁していると、和馬が声をかけた。

「まずは、私から……よろしいでしょうか」

「…………」

『河内屋』を開くことにも関わっておりますし、この事業にも」

遠山が頷くと、和馬は丁寧に一礼した。

「この場にいらっしゃる三奉行様を始め、評定所のお役人の方々もご存じのとおり、江戸市中の浚渫並びに埋め立てに関する普請は、当然ですが、数多の人足らの力に頼らざるを得ませぬ。しかも、橋や家を建てるのと違い、容赦なく押し寄せてくる豪雨

と河川氾濫という自然との闘いでありますから、人智を超えた作業と歳月がかかります」

「………」

「これを十年、二十年先まで維持せねばなりませぬ。その間に、材木やら運搬にかかる費用など諸物価が上がることも考えられます。そうなれば、公儀から受け取っていた金だけでは、人足代が出なくなるかもしれません」

そのとおりだと頷く三奉行らを見廻しながら、和馬は切実に訴えた。

「ですから、預かった公金のうち喫緊のものは、『河内屋』が受け取り、残りは両替商の『辰巳屋』に渡して、金や先物取引などによって利鞘を稼ぎ、先々のために公金を増やしておこうと考えたのです」

「おぬしが考えたのか」

「まさか……近藤桐之助さんです。ですが、その金は運用されることなく、稲倉様のもとに、そっくりそのまま流れていたのです」

「ということは、その帳簿も残しておるのだな」

「桐之助さんが、番頭の宅兵衛に持たせていると証言しております」

和馬がそこまで話すと、稲倉はたまらくなって、

「我が藩や殿を愚弄するのもいい加減になされよ。宅兵衛という番頭は、『辰巳屋』に返すべき金を、持ち逃げしてる輩ですぞ。桐之助も同罪。それを悔いて、切腹に及んだのではないのですかなッ」

　と怒り心頭に発した声で言った。

「我が藩は、何ひとつ恥じることをしてはおらぬ。評定所にてよく調べて下され」

　帳簿などはすでに、この評定所に届いていると、遠山は付け足した。

「むろん、日下市之進殿の証言を元に調べております、稲倉様……要するに、公儀から預かった金を運用すると偽って『辰巳屋』が牛耳り、逆に『河内屋』に貸し付ける——という形を取ったがために、桐之助は多額の返済に窮した……ということです」

「だが、遠山様。宅兵衛なる者が、金を持ち逃げしたのは事実！」

「さよう。貴殿が困るであろう裏帳簿もすべて持ってな」

　遠山に核心を突かれたのか、稲倉は腰を浮かせかけたが、座り直して、

「何を言うか！　元々は公儀が我が藩に押しつけたからこそ、かような始末になってしまったのではないか！」

「若年寄の柳原様が請け負ってくれたのは事実です。ですが……武蔵滝山藩の領地に

する話などは、まったくない。稲倉様、貴殿が、さような嘘偽りを言って、まるで自分が公金の全てを扱っているよう欺き、私腹していたのは明白」

「！……」

「普請が遅れに遅れ、何年も先延ばしになればなるほど、貴殿の懐に入る仕組み……でござろう、稲倉様」

「知らぬ、知らぬッ」

憤る稲倉だが、三奉行は険しい目を向けており、寺社奉行が言った。

「仙次という中間が、宅兵衛を殺そうとしました……が、こちらで捕らえております。貴殿に命じられたとか。もはや、言い逃れは厳しいですぞ」

勘定奉行も続けて責めた。

「あくまでも、若年寄の柳原様を陥れ、辱める気ですかな」

「そんなことは、知らぬ……」

稲倉は青ざめた顔になったが、関わりないと突っぱねた。

「私は何も悪いことはしておらぬ。公金だというなら返す。殿はそう話しておられた。預かっていただけだ。深川新町も我が藩の飛び地にするのは、嘘ではない。それゆえ、私も身を粉にして働いたのだ。何を今更……責任を私に押しつける気か！」

いきなり立ち上がって、感情を抑えきれなくなったのか、脇差しを抜き払った。すぐさま背後に飛び掛かり、足払いをして倒した和馬は、腕を捻って脇差しを取り上げた。

「切腹するのは、桐之助さんではなく、あなたのようですな」

和馬は耳元に囁いた。

狼狽した稲倉は、訳の分からない言葉を大声で発しながら暴れようとしたが、評定所の役人たちが駆け寄って捕らえるのだった。

その日――。

晴々とした気持ちになって、和馬が屋敷に帰ると、縁側から足を投げ出して腰掛けている吉右衛門の姿があった。まだ足には包帯が巻かれたままである。

横には、甲斐甲斐しく世話をする綾佳もいた。あまりもの熱々ぶりに、和馬はそっと門の方に戻ろうとすると、

「若殿！　丁度、良かった。手を貸して下さいませぬか」

「えっ……」

見つかってしまっては仕方なく、和馬はふたりに近づいた。すると、綾佳がニッコ

りと微笑みかけた。

「お帰りなさいませ」

「いつもすみませんね、綾佳様……吉右衛門。たまには、人様から面倒を受ける側になるのも、悪くなかろう」

「それより……綾佳さん、あの話なら、自分で若殿に話してみて下さらぬか」

「何ですかな？」

和馬が見やると、綾佳はキチンと向き直り、

「しばらく、吉右衛門さんと一緒に暮らしとうございます。ですが、この屋敷の主である和馬様のお許しが出ないとダメとのことで、吉右衛門さんがお頼みしてみろと」

と訊いた。

吉右衛門は和馬に目顔で合図を送った。

——許してはいけません。来ないように言って下さい。

との思いで、首を振ったが、和馬はどう受け取ったのか、しばらく考えてから、

「よろしいでしょう」

「な、なんと！」

思わず声を上げた吉右衛門に、和馬は笑って返した。

「嬉しいか、吉右衛門」

「違う、違う」

「よいではないか。おまえにも、ようやく春が来たという感じかな。そうやって足を怪我したのも、神様の采配であろう。誰に遠慮がいるものか。ささ、昔のように仲良くされるがよい」

「本当に！　まあ、嬉しゅうございます」

綾佳は喜びを体中で表すように、美味しい粥を作ると飛び跳ねて厨房の方へ行った。

「——よかったな、吉右衛門……」

笑って頷く和馬に、首を振りながら、吉右衛門は言った。

「いや、これには訳が……」

「よいよい。昔のことは昔のこと、残された人生を楽しめ」

「そうではなくて……いいですか、ちゃんと聞いて下さい、和馬様」

吉右衛門は縋るような目になった。

「祝言の折は、おかよの祖父だと嘘をついていたので、話を合わせましたが、綾佳さんはまったく知らない人です」

「？……」

「相手がそう思い込んでいるのです」

「そうなのか」

「見舞いに来てくれた市之進さんからも聞きましたが、綾佳様は前から少しボケてるらしく、祝言で会った私のことを、昔、惚れ合いながら別れた相手と思い込んでるようなんじゃ」

「なんじゃ……でもな、吉右衛門とちゃんと名を読んでいたではないか」

「いや、〝槍の吉右衛門〟という人と、たまさか同じだったからで……若殿も目の当(ま)たりにしたでしょ。藩主の悪口になったとき、異様なほど乱暴に摑みかかったじゃないですか」

「え、ああ……」

「あの時、『あなたは誰、吉右衛門さんじゃない！』って一瞬、正気に戻りましたよね。だから、その……」

「分かった、分かった」

話の腰を折るように、和馬は手を上げた。

「でも、吉右衛門のことを愛しい人と思ってるのだから、ここはひとつ、そう思わせておいてやればいいではないか」

「そんな……」

「いい人ではないか。おかよの義理の祖母であるのは事実だし、縁はある……『人の値打ちは、その人が得たものではなくて、人に与えたもので決まる』……おまえはいつもそう言って、私のお節介を後押ししてくれているではないか」

「あ、いや、それとこれとは……」

「同じだ。綾佳さんが、その気でいるかぎり、相手をしてやればいい」

和馬に肩を叩かれた吉右衛門は、情けないほど背中を丸めた。

「別に嫌じゃありませんけどね……でも、なんというか……嘘はいけませんよ、嘘は」

呟く吉右衛門に、廊下の向こうから、綾佳が、

「もうすぐできますからね、食べさせてあげますからね」

と声をかけてきた。

「さてと、俺は普請場をもう一廻りしてくるかな。桐之助の代わりに」

立ち上がって飄然（ひょうぜん）と出ていく和馬を、吉右衛門は溜息で見送った。

今日も江戸中のあちこちから、新たな槌音（つちおと）が聞こえてきそうな青空が広がっていた。

第四話　いたち小僧

一

　月もない江戸の夜。すっかり静まり返っている〝うずら長屋〟の一室に、チャリンと軽快な音がなった。

　小判が一枚、板間で飛び跳ねたのだ。

　その鉦（かね）を打つような音に気付いたのは、蒲団（ふとん）の中で寝ていた女の子だった。まだ五歳くらいであろうか。うっすらと目を開けた女の子は、障子窓の外をスッと過ぎる黒い影に目が点になった。

　――怖い……。

　そう思って隣で眠っている母親を揺り起こしたが、疲れている様子で寝返りを打っただけであった。女の子は気になったのか、そっと蒲団から抜け出して、表戸を開けて外を覗いてみた。

するとと、屋根の上から黒い影がひらりと忍者のように舞い降りて、木戸口まで足音も立てずに走ると、一瞬だけ振り返った。

「あっ……！」

女の子は声が洩れそうになったが、自分の口を押さえて我慢したまま、じっと外を見ていた。黒い人影は通りの方へ、ゆっくりと歩き出した。

それを見送ってから、女の子はそっと表戸を開け、木戸口の方に行ってみた。だが、もう宵闇に紛れて、人影は消えていた。

ふいに一陣の風が吹いた。急に怖くなって、女の子が部屋に戻ろうとすると、ガッと何か足で踏みつけた。

「?!……」

拾ってみると、それは印籠だった。侍がよく帯に結んでいる薬入れだが、何やら丸い紋様の家紋が入っている。

女の子には何だか分からないが、今し方、立ち去った人影が落としていったものだと察した。大切そうに手に握りしめると、急いで家の中に戻るのだった。

「何処(どこ)へ行ってたの、おゆき」

部屋に入った途端、母親が声をかけてきた。表戸が開いているから驚き、蒲団から出て探しに行こうとしていたのだ。二十半ばの、どこにでもいそうな丸顔の女である。

おゆきと呼ばれた女の子は、真っ先に板の間に駆け寄り、小判を拾って見せた。

「——なに……？」

手渡された小判をまじまじと見た母親は、凝然となった。しばらく見つめてから、歯で嚙んだりして、母親は震え始めた。

「どうしたの、これ」

「誰かが、投げていった」

「ええ？　誰かって、誰……」

「分からない」

首を横に振るだけのおゆきを見て、母親は小判を懐(ふところ)に仕舞うと、

「投げていった人の顔を見たのかい」

「ううん……見てない。だって、暗かったし。でも、これ……」

拾ったばかりの印籠を、おゆきは差し出した。手に取った母親は、

「丸に鶴(つる)……いや、鷹(たか)……？」

と呟いた。

その昔、母親は武家屋敷に奉公していたことがあるから、幾つかの家紋は知っていたが、珍しいものだなと思った。

「これは……？　もしかして、この小判を投げた人が落としていったのかい」

「うん……」

「そうかい。おまえは利口だから、何でもすぐに分かるようだけど、変な人についていっちゃだめだよ」

「でも、それって小判だよね」

「ああ、そうだよ。おっ母さんも、小判なんて、熊手の飾り物についてるのしか見たことないけど、こんなに重いんだねえ」

「本物……？」

「分からない。でも、誰にも言っちゃダメだよ。いいね」

「どうして？」

「長屋のみんなが知ったら、取りに来るかもしれないだろう。だから、シイだよ」

「――うん。分かった」

母親は娘の頭を撫でると、蒲団に入って寝るように言った。だが、母親の方は、小判を懐で温めながら、「夢でなければいいのに」と呟いた。同時に、誰かに覗かれているのではないかと、急に不安になって、部屋の中を見廻した。

翌朝早く——ドンドンと激しく表戸が叩かれた。

「お久さんや、まだ寝てるのかい。起きとくれ、お久さん」

大家の女房・おくにの声だと、すぐに分かった。お久と呼ばれた母親は、興奮して明け方まで眠れなかったから、重い頭で跳ね起きた。寸前、懐に手をあてがい、小判があるのを確かめた。

「ゆ、夢じゃなかったんだ……」

呟きながら、まだ熟睡している娘を横目に蒲団から出た。

——もしかしたら、この小判のことがバレたのではないだろうか。誰かが、盗んだものをここに置いていき、自分のせいにされるんじゃないだろうか。

という考えが脳裏に浮かんだ。

「大変だよ、お久さん。えらいことだよ。ねえってばさあ」

胸がどきどきしてきたお久は、もう一度、懐に手をあてがってから、乱れた髪を整えながら表戸を開けた。

そこには、長屋のおかみさん連中が数人集まっていて、みんなお久の方を見た。

「あの……何か……」

恐る恐るお久が訊くと、女取的のような頑丈そうな、大家の女房おくにが首を突っ込んできた。

「あんたの所は、どうだった」

「えっ……何がです」

「来なかったのかい。〝鼬小僧〟だよ」

「い、いたち、こぞう……」

「ああ、近頃、時々、出没する鼬小僧って、泥棒だよ。何処か、金持ちん所から盗んできた金を、うちのような貧しい長屋の住人にばらまいてるんだ」

「そ、そうなんですか……」

「知らないのかい。他の部屋には、ぜんぶ投げ込まれたらしいんだけどね」

「…………」

「貰ってもいいんだけどさ、もし盗んだ金だったら、同罪になるからって、町名主さんに預けておくんだよ。町内ではそういう決まりになってんだ」

「同罪……？」

「盗っ人として扱われるってことさね。盗品と知って買ったら、罰せられるでしょうが。うちの長屋から咎人が出たら困るから、集めて町名主さんに……」

御定書第五十六条には、

——盗物と存じ預かり候者、敲。

とあり、盗まれた金でも受け取れば、当然、罰せられる。もし、盗品だと知らなくとも、出所が分からないものを質草にしただけでも、過料である。

さらに続けて、五十七条には、盗物と知らずに買ったとしても、盗まれた人に弁償しなければならないとある。つまりは、今で言うなら〝返還請求要求〟に応じなければならないということであろうか。それを事前に行うために、町内で取り決めているのだ。

要するに、仮に鼬小僧が義賊であったとしても、おいそれと貰うことはできない。下手をしたら罪人にされるということだ。

「そ、そうなんですね。でも、もし……その鼬小僧とやらが名乗り出てきて、あげたものだと言ったらどうなるんですか」

「あげたっても、盗んだ金じゃダメだ。同じことさね」

「ああ、そうですよね……でも、盗んだものではなくて、自分のお金なら……」

「それは……」

おくには一瞬、答えに窮したが、

「ダメだよ、やっぱり。今は、出所が分からないのだからね。だけどさ、自分の金なら、そんな隠れて渡さなくても、堂々と置いてけばいいじゃないか」

「あ、そうですよね……」

少しそわそわし始めたお久を見て、おくには眉根を上げて、

「──なんだか、隠してるみたいだね」

「そんなこと、ありません」

お久が答えたとき、袖を摑まれた。すぐ後ろに、おゆきが立っていたのだ。まだ眠そうな顔で、「おしっこ」と言った。もうひとりで厠(かわや)に行ける年だが、眠いときや怖いときには母親を頼るのだ。

「ああ、ちょっと我慢しなさいよ」

手を引いて共同の厠に向かおうとすると、おくには娘に訊いた。

「鼬小僧が来なかったかい。小判を持って」

だが、おゆきは首を左右に振り、

「知らない……」

と答えた。その手をもう一度、引っ張って、お久は厠へ急ぐのであった。

「もし、部屋の何処かにあったら必ず届けなさいよ。咎人になったら、元も子もないからね。分かったわね」

念を押すように、おくにが声をかけると、おかみさん連中は三々五々、別れた。せっかく投げ込まれたのに勿体(もったい)ないよね、と本音を漏らしていたが、持ち慣れないものを持つと悪い気が起こるからと、みんな諦めていた。

厠に娘を入れてから、お久はいま一度、懐の小判を確かめるように握った。

「——だって……困ってるんだもん……」

お久は誰にも聞こえないように、呟くのであった。

二

いつものように、吉右衛門は富岡八幡宮にお詣りをして、隅田川まで足を伸ばした。永代橋の途中まで行って、江戸の町並みや遥か遠くの富士山を眺め、さらに仙台堀(せんだいぼり)の方へぐるりと廻って散策をしていた。

初夏の風が心地よく吹いている。

長い間歩いていると汗ばんでくるので、しぜんと木陰を選んで歩いていた。気紛(きまぐ)れに露地に入ったとたんである。

「おい、爺さん。大人しく、金出しな」

いきなり声をかけられた。

振り返ると、四十絡みの痩せた男が、包丁を持って立っている。

真っ昼間なのに、頬被りもせず、獣のような目つきで睨みつけていた。体つきの割りには腕が太く、包丁を握った手の指も職人のように節くれていた。

「こんにちは。どうしたのですか、そんな青い顔をして」

吉右衛門に挨拶をされて、四十絡みの男は一瞬、豆鉄砲を食らったような目になったが、気を取り直して、

「ふざけるな。黙って財布を、そこに置いていけ。痛い目に遭いたくなかったらな」

「痛い目は嫌いです。この前も、足を怪我しましてな、歩けなくて困りました」

「…………」

「こうして、毎日、散歩が出来るようになったら、本当に嬉しい。人間は当たり前のことに感謝することを、忘れてますな」

「ごちゃごちゃ言わねえで、さっさとしろ」

包丁の切っ先をブンと振って脅した。だが、吉右衛門はまったく動揺せず、

「大声を上げると人が来ますよ。そんなものは仕舞った方がいい」

と言った。

「怖くないのか」

「そりゃ、怖いですよ。ほら、岡っ引が来ましたよ」

「えっ……」

四十絡みの男は少し慌てて逃げようとしたが、吉右衛門は「待ちなさい」と声をかけて、懐から財布を取り出し、

「ほら。これを持っていきなさい」

と差し出した。

ためらうことなく、四十絡みの男は包丁を突き出したまま、財布に手を伸ばした。

次の瞬間、吉右衛門は相手の手首を摑んで捩じ上げ、背後に廻りながら包丁を持った腕の肘を決めた。ポトリと落とした包丁を掘割に蹴ると、

「ダメですよ。こんなことをしては」

と地面に押しつけた。

「痛え……いてて、放せ、このやろう……」

歯噛みしながら四十絡みの男は、声にならない悲鳴を上げたが、吉右衛門は抑えつ

けたまま、背後から訊いた。

「どのような事情があるのか知りませんが、こういうことはいけませんねえ。突っかかったのが私でよかった。タチの悪い人なら、返り討ちにされて、殺されてますよ」

「いてえ、いてえ……」

次第に情けない声になってきたその男を、吉右衛門はポンと突き放した。その場に座り込んだまま、男は痛めた肩や肘をさすっていた。その男の前に立って、

「こんな真似はいけませんね、佐吉さん」

と声をかけると、

「うえるせえ、三太郎だ。このやろう」

男は思わず答えた。言ってからシマッタという顔になったが、吉右衛門はくすりと笑いかけて、まだ痛いであろう肩をポンポンと軽く叩いた。それでも、相手は悲痛に顔を歪めた。

その時、通りから、岡っ引の熊公が覗き込んだ。続いて、ぶらりと北町奉行所の古味覚三郎も入ってきて、「何をしてるんだ」という目で、吉右衛門たちを見やった。

「なんだ、ご隠居か」

古味はいつもの嫌味な顔つきで、朱房の十手を振り廻しながら、

「声がしたから何事かと思ったが……そいつは誰でえ」

「はい。この度、うちの屋敷に来た中間です。どうも物覚えの悪い奴でして、少々、折檻してやってたところです」

吉右衛門が答えると、三太郎は上目遣いで見た。古味は三太郎の前まで来て、十手の先で顎を軽く上げた。

「折檻ねえ……口で言えば分かることを、体罰はならぬぞ」

「承知しております」

「ところで、ご隠居……またぞろ鼬小僧って盗っ人が現れて、幾つかの長屋に金をばらまいたそうだ」

「そうなんですか……」

「大店に忍び込んだり、人様から金をくすねたりして、それを『義賊でございます』とばかりに配り歩いているようだが、盗みは盗みだ。盗んだ金を使っても罪だ」

「承知しております」

「ご隠居の屋敷には一文もないから、鼬小僧に入られることはないだろうが、せいぜい気をつけておくことだな」

「ご助言、痛み入ります。うちには、新しいこの中間が来ましたので、警備の方も大助かりでございます」

「ならいいが……貧乏旗本がよく雇う金があったものだな」

「ただ働き同然ですから。私もですが」

「そうかい。とにかく、妙な輩がいれば、すぐに報せてくれ。鼬ってのは、天井裏や床下に住み着いて、夜中に悪さをする害獣だからな……嚙まれないようにな」

古味は話している間、ずっと三太郎のことを睨みつけており、

「——おまえ、何処かで見たような面だが……どうも思い出せねえ……何処で見たんだっけなあ……」

と訊いた。

だが、三太郎は目を逸らすばかりであった。その様子に何をか察した吉右衛門は、三太郎を立ち上がらせた。

「こちらの旦那は、北町で一番偉い定町廻りの古味覚三郎様。そして、こっちのでかいのが熊公。名は体を表すというが、そのとおりで力持ち。以降、お見知りおきのことをと、挨拶くらいしなさい」

吉右衛門に命じられて、仕方なく三太郎は言われるとおりにした。

「さて、もう一廻りしますか、三太郎。近所に挨拶しておかないとな。ではでは」

深々と頭を下げて立ち去る吉右衛門たちを――古味は十手で熊公の肩を叩きながら、見送っていた。

「どうも臭う……盗みに入る店を物色してたのかもしれぬ。よく見張っておれ」

「へい……旦那。十手で肩叩くなら、自分のにしておくんなせえ」

熊公はゆっくりと二人を尾けはじめた。


何処にも立ち寄らず、高山家の屋敷に帰ってきた吉右衛門は、まずは三太郎に握り飯を与えてから、風呂に入らせた。
二、三日、ろくに食べ物にありついていない様子だったし、無精髭も剃っていないところから見て、職を失ったのだろうと想像したからだ。近頃は、梅雨が終わっても豪雨が続き、水溜まりが市中に増えたせいか虫が湧き、疫痢も広がっている。そのせいで人々はあまり出歩かなくなり、富岡八幡宮の祭りや芝居、相撲なども取りやめになった。
かつては、天然痘に苦しめられることが多かった。

天然痘感染の大流行といえば、平安時代で、畿内から西日本一帯にかけての記録がある。一般庶民はもとより、貴族たちも大勢、亡くなった。当時、治療方法も薬もなく、重篤になると死を待つほかなかったのである。もし罹れば、治癒しても〝痘痕〟ができるので、人々は大変恐れおののいた。

　この病気は元来、日本には存在しておらず、中国や朝鮮などの地域から、渡来人の移動が盛んになった六世紀半ばから起こった。『日本書紀』にも天然痘の記録がある。江戸時代でも三十年に一度、大流行が起こっていた。特に子供が犠牲になったが、疫病神のせいだと思われ、魔除けの犬柄の入った赤い着物を着せられたりした。

　もっとも、今はそれほどではないが、商売や仕事を諦めざるを得ない人々は多かった。にも拘わらず、幕府が金を恵んでくれるわけではない。それゆえ、鼬小僧からばらまかれる小判は庶民にとっては、死ぬほど有り難かったのである。

　湯を浴びた三太郎は、先ほどの青白い顔とは違って、すっきりしていた。高山家では、これまで数え切れないほど、この手の施しはしてきたから、珍しいことではない。

「――どうも……」

　バツが悪そうに三太郎は、厨房で料理をしている吉右衛門に頭を下げた。

「おお、意外と男前じゃないですか」

「…………」

「体がサッパリすると心も軽くなる。でしょうが」

「どうして、助けてくれたんですか。同心の旦那に突き出してもよかったはずなのに」

「え？　それこそ、なんでです」

「それは……」

「こっちは怪我をしてないし、金も取られてない。むしろ、痛い目をしたのは、おまえさんの方じゃありませんか」

「ですが、なんというか……」

三太郎が何か言おうとすると、吉右衛門は流し台にある大きな丼を指して、

「そこの……水に晒してる米を取ってくれないかね」

と言った。

すぐに三太郎は土間に降りて、流し台にある丼を見ると、なぜか手を入れてみて、

「これは餅米ですよね」

と訊いた。

「ああ、そうだよ」

「何に使うんですか？」

「近所の子供たちがよく遊びに来るのでね、白玉でも食べさせてやろうと思ってね」

「白玉……だったら、だめだ。もっと水に浸しておかなきゃ」

三太郎はわずかに声を荒げるように言った。

「で、これをどの石臼で水挽きするんでやすか？　まさか、それですかい」

土間の片隅にある小さな臼を見て、三太郎は近づいて、軽く廻してみて、「こりゃ、酷えなあ」と呟いてから、さらに杵のようなもので突いたり叩いたりした。

「こんな石臼じゃ、白玉粉じゃなくて、餅粉しかできねえ。餅粉が悪いわけじゃねえが、ガキに白玉を食わしてえなら、ちゃんとしたものにしなきゃよ」

「──随分と詳しいんだね」

吉右衛門が不思議そうに見やると、三太郎は恥ずかしそうに、

「いや、まあ……とにかく、なめらかで細かく、透き通ってて、瑞々しくて弾力があるのが白玉粉なんだからよ。餅粉はざらざらしてて舌触りは悪いし、薄黒い上に腰が弱くて、べちゃべちゃしてる」

「そうなのか。てことは、私が子供たちに食べさせてたのは、本当の白玉じゃなかったというわけか。あはは……たしかに、店から買ってきたのより不味いかのう」

照れ笑いする吉右衛門に、真顔で三太郎は言った。

「いや、風味はむしろ餅粉の方がいい。だから、他の餅と混ぜたり、きな粉や胡麻な

んかと一緒にして、お菓子としちゃ美味しいと思うぜ。なに、ご隠居が〝白玉〟って言ったからよ、ちょいと気になっただけで……もっとも、どっちにしろ練り切りを作るときの、求肥にする材料には違いねえけどよ」

練り切りという菓子は、白あんに砂糖、山芋などのつなぎに求肥を加えて作ったものだ。これに食紅で色を混ぜて、桜や梅などの花、鶯や鮎などを繊細に細工する。これらは、包丁物、流し物、包み物、引菓子、茶席菓子として使われていた。

その昔、求肥は餅米の玄米で作られていたため浅黒くて、牛の皮をなめしたように柔らかかったことから、「牛皮」と記されていたという。だが、中国伝来の菓子には獣の名がついたものが多いが、日本では仏教で忌み嫌ったことから、〝求肥〟と書かれるようになった。

関東の求肥は、白玉粉を使って、包み物として使われるが、関西の方では餅粉を使い、寒天などを使った流し物に利用する。だから、当然、白玉粉と餅粉によって捏ねる水の量も変わってくるのだ。

「白玉粉を細かく潰してから、徐々に水を加えて溶かし、それを蒸籠の枠に入れて、布巾を敷いてから生地を流す。四半刻よく蒸し上げて、サワリに移してから練り混ぜることで腰を出すんだ。サワリとは、銅と錫で作った鍋のことだが、ここにはありそうにねえなあ……ま、そこの鉄鍋でもいいか……それに砂糖を、三、四回に分けて混ぜ込みながら、さらに練り上げて、ようやく求肥になるんだ」

滔々と一気呵成に喋った三太郎の表情は、さっきまでの鬱屈したものではなく、活き活きとしていた。

感心して聞いていた吉右衛門は、

「三太郎さん……あなたは、菓子職人でもしていたのですかな？」

と尋ねると、三太郎は素直に頷いた。だが、なぜか急に悲しそうな顔になって、黙ってしまった。それでも、白玉粉や練り切りは自分が作ると言って、吉右衛門と交替するのであった。

三

夕暮れになって、烏があちこちで鳴き始めた頃、和馬がいつもの小普請組の〝新しい事業〟を始める寄合に行った帰りのことである。

ぶらりと歩いてくると、少し先の掘割の船着場の所に、ぽつんと小さな女の子が立っている。

おゆき――である。

ひとりぼっちなので、和馬が近づいて声をかけた。

「何処の子だい。もうすぐ日が暮れるよ」

「………」

「おっ母さんかお父っつぁんは？」

しゃがんみ込んだ顔を覗き込んだ和馬に、おゆきは唐突に訊いた。

「おじさん。もしかして鼬小僧ですか」

「え……？」

「鼬小僧はね、いつもは冴えない浪人だけど、可哀想な人たちを助けてるんだって。おっ母さんが言ってた」

「冴えない、ねえ……お嬢ちゃんは、冴えないって言葉の意味が分かるのかい？」

「分からない」

「――おっ母さんは一緒じゃないのかい」

周りを見廻したが、何処にも親らしい姿はない。

近頃は、捨て子も多くなっている。仕事を失って二進も三進もいかなくなった親が、仕方なく、寺や商家の前に置き去りにするのだ。無理心中して子供を道連れにするよりはよっぽどマシだが、親に捨てられた子は心が傷つく。

和馬は女の子に名前を聞いて、とりあえず屋敷に連れていくことにした。

「若殿。随分と遅かったですな……おや、その子は？」

丁度、吉右衛門は屋根に梯子をかけて、庇の下を覗き込んでいた。

上を向いた和馬は、吃驚して、

「危ないなあ。そんな所で何をしてる」

「蜂の巣ですよ。まだ小さいですがね、大きくなって蜂が増えたら、遊びに来る子供たちに危ないですからな」

蜂と聞いたせいか、おゆきは和馬の後ろに隠れた。

「おやおや。若殿に、隠し子がいたとは、恐れ入谷の鬼子母神……でございますな」

「悪い冗談はよせ。迷い子のようだ」

その時、屋根にかけていた梯子がずれて、傾き始めた。吉右衛門を乗せたまま、仰向けに倒れてくる。

「だから言わないことじゃない」

とっさに和馬が支えようとしたが、吉右衛門は丁度、〝背面跳び〟のような格好になって、宙に放り出された。

が――ひらりと猫のように回転すると、ピタッと地面に着地した。

「うわっ……！」

おゆきは吃驚仰天で見ている。その可愛い顔を、何事もなかったかのように、吉右衛門は軽く撫でて、

「おや。美人さんだね。和馬様、またぞろ面倒を見るつもりでございますかな」

「名前は、おゆきというらしいが、家が何処かも分からないようだ。口数もさほど多くはないが、育ちは良いと思う」

「さようですか……お嬢ちゃん、お腹は空いてないかい？」

吉右衛門の問いかけに、首を左右に振った。満腹そうには見えないが、親と離れて不安だから、食べるどころではないのかもしれない。吉右衛門が手招きしても、和馬の陰に立っているだけだった。

「福の神の吉右衛門を避けるとは、珍しい子だな」

和馬は苦笑して、おゆきの手を引いて奥の座敷まで来た。三太郎の姿を見たが、特段、驚きもせず、

「いらっしゃい」

と声をかけた。どうせ、これまた、いつものように、吉右衛門が何処かで拾ってき

た者だろうと思った。その鷹揚な態度に、三太郎の方が驚いて、正座をし直した。

「当家のご主人様、高山和馬様でございましょうか」

「ああ、そうだよ。吉右衛門に誘われて、将棋の相手でもしてたのかな」

「お世話になっております。吉右衛門に誘われて、風呂や食事まで戴いて、恐縮しております。行きずりの者に対して、本当にありがとうございます」

「袖振り合うも他生の縁、というのが信条……信条てのも変だが、まあ、世の中は、そういうものでしょう。この子も、ちょっと向こうの堀川の所で拾ってきた」

和馬が笑うと、吉右衛門は窘めるように、

「犬猫の子じゃないのですから、そんな言い方は失礼でございますよ」

「そうだな……ごめんな、おゆき……」

素直に謝った和馬に、おゆきは小さく頷いただけで、三太郎のことも警戒するように見ていた。吉右衛門は、女の子とお互いの顔を見比べながら、

「こういう時に限って、千晶とか伯母上とかはいらっしゃいませんな……女の人がいれば、この子も寛ぐと思うのですがな」

と言うと、おゆきが爛々と目を輝かせて、いきなり声を発した。

「凄い！　なに、これ……！」

三太郎の側に駆け寄って、盆に載せてある茶菓子を見た。色とりどりの花の形をした練り切りが、幾つも並べられている。

「お菓子だよ。食べてごらん」

吉右衛門が言うと、三太郎が梅の花のような赤い練り切りをひとつ渡した。両手で大切そうに受け取ったおゆきは、しばらくまじまじと眺めていたが、思い切ったように、パクリとひと囓りした。

目を閉じて、ゆっくり味わうように口の中で転がしているように見える。微かに笑みが広がってきて、

「――美味しい……甘い……」

と呟いた。

「そうかい。そう言われると、おじさんも嬉しいやな。好きなだけ食べるがいい」

「ほんと？」

さらに目が輝いて、おゆきはどれを食べようかと迷いながら、手に取った。すぐに口に運んで、またじっくり味わうように、もぐもぐと頰を膨らませた。

「こんなの食べたことない……これ、おじさんが作ったの？」

「そうだよ。欲しかったら、幾らでも作ってあげるよ」

三太郎が気前よく言うと、おゆきは心を許したかのように、膝に座って、

「もしかして、おじさんの方が、鼬小僧？」

と訊いた。

ほんの一瞬だが、吃驚した三太郎は、おゆきの顔を横から覗き込んで、

「鼬小僧……ってのは、なんだい？」

「貧しい人に、お金をくれる人……でも、本当は冴えないお侍だって」

「おじさんは、お侍じゃないから、違うな。そこにいらっしゃるお殿様じゃないかな」

和馬に振ると、違うと手を振りながら、

「鼬小僧のように跳(と)んだり跳(は)ねたりするのは苦手(にがて)でね。そもそも私は、自分で言うのもなんだが、家禄をこの辺りの人々に分け与えているから、こっそり金を置いたりしませんよ」

「そうらしいですね。ご隠居から聞きました。生半(なまなか)な覚悟でできることじゃねえ」

感服したように三太郎は頭を下げて、練り切りを作る作業を続けた。見るからに美しいものだから、和馬としては食べるのも躊躇(ためら)われるほどだったが、遠慮なくひとつ食べた。

おゆきのような子供に戻ったように、笑顔が零れた。

「如何でやしょ?」

「いやあ、甘党の俺にはたまらん。しかも、上品な味わい……吉右衛門は何をやっても上手くこなすが、全然違うなあ」

「元は菓子職人だったらしいですよ」

吉右衛門がさりげなく言うと、三太郎は「大したものじゃありやせん」と卑下するように言ったが、手つきは鮮やかだった。どうして、泥棒の真似事をしようとしたのか、吉右衛門には不思議だったが、それには触れずにおいた。

三太郎は屋敷にあった材料を使って、蕨餅や饅頭、大福なども作った。昼間にも何人かが、ご隠居を訪ねてきたが、また明日、子供たちが来たときの驚く顔を見たくてしょうがないという感じだった。

「手に職があるというのは、よいことですね」

感心したように吉右衛門が言うと、和馬もまさにと頷いて、

「おゆきちゃんも好きなら、菓子職人になったらどうだい。女の菓子職人なんて、格好いいと思うがな」

「うん、なる」

おゆきは興味津々と三太郎の手先を見ている。

「ほら、やってみな。簡単だからよ」

求肥にあんこを包んで、三角棒で線を引いて花びららしく模様を付ける。三太郎は、おゆきの小さな手に添えて、やらせてみた。意外と器用に描く。五歳くらいになれば、鶴を上手に折る子も多い。それほど、人の手先はよく出来ているのだ。

「おお、うまい、うまい！　お嬢は才覚があるぞ。ほら、もっとやってみい」

三太郎はまるで自分の娘に接しているかのように、楽しんでいた。その瞳が、なぜか俄に潤んで、うっと涙が零れそうになった。

「――どうかしたかね」

吉右衛門が問いかけると、三太郎は袖で鼻水涙を拭って、

「相済みません……俺にもひとり、娘がおりやしてね……丁度、この子くらいの時に、女房共々、流行病で……」

死んだのであろう。言葉にはならなかった。

「それは、お気の毒にな……辛かっただろうなあ……何と言っていいか……」

同情する吉右衛門に、三太郎は菓子を作り続けながら、

「いいんです。遠い昔の話です」

「でも、お父っつぁんの美味しいお菓子を食べることができて、娘さんは幸せだったんじゃないのかねえ」

「いいえ……俺が菓子作りを始めたのは、子供がなくなって、ずっと後のことです」

「――そうだったのですか……また悪いことを言ってしまったね」

「どうか、お気遣いなく。へえ……」

おゆきと一緒にあんこを包む様子は、本当に親子のようであった。

そのとき――。

「ごめん下さいまし……ごめん下さいまし」

と玄関から女の声がする。

吉右衛門がすぐに出向くと、そこにはいかにも貧しそうないでたちの、化粧っけもない女が立っていた。

あの〝うずら長屋〟のお久である。

「こちらに、娘がお邪魔してませんでしょうか……近所の人から、お侍様と一緒にこちらに来るの見たと聞きまして……これくらいの背丈で、おゆき、という五歳児なのですが」

「ああ、おりますよ。あなたが、おっ母さんですか。面差(おもざ)しが似てますな」

「いるのですね！」

喜びと安堵が一緒になって、お久は小躍りするように奥を見やった。すぐに吉右衛門が、奥座敷に招くと、練り切り作りをしているおゆきに近づいて、

「これ。何処に行ってたのです、もう。随分と探したのですよッ」

と叱りつけた。

おゆきの方は、目の前の菓子作りに夢中である。

「まあまあ。お母さんも、ご一緒にどうですかな、これ、凄く美味しいですよ。茶をお出し致しましょう」

吉右衛門は、お久を落ち着かせて、みんなで一緒に、宵が更けるまで楽しんだ。

まるでひとつの家族のようだった。あっという間に時が過ぎる。お互い初めて会ったばかりなのに妙に気が合って、何年もこうして暮らしてきたかのように感じた。

「おやおや、こんな刻限に……おいとましなきゃいけませんね」

お久は、まだ居たいというおゆきに、我が儘はダメだと説得し、町木戸が閉まる前に、連れて家に帰った。

が……和馬にちょっとした〝災難〟が訪れたのは、その数日後のことであった。

四

〝うずら長屋〟の一室では、お久が内職である仕立物など針仕事をしていた。

部屋の片隅では、おゆきが暇を持て余すように色紙を折っている。鶴の他にも、蛙や小鳥、色々な花を折っており、和菓子のようなものもあった。ふと小さな手を止めて、

「おっ母さん……今日も来なかったね……」

と言うと、お久は窘めるように、

「慌てるなんとやらは貰いが少ないってね。辛抱我慢だよ」

「でも、この長屋のこと分かるかな」

「知ってるわよ。あの人のことだから、必ず来る。私はそう睨んでる」

「でも、本当に、あの和馬様というお侍様が、鼬小僧なの？」

「シッ――それは内緒だって言ったでしょ」

「――うん……」

おゆきがまた折紙を続けたとき、お久も気になったのか、表に出てみた。木戸口か

ら通りに向かい、堀川沿いを見廻していると、ふいに背後から声をかけられた。

「やはり、この辺りでしたか……」

振り返ると、お久は驚いたように目を見開いた。その表情に、和馬の方が心配そうに近づきながら、

「何かありましたか」

と訊いた。

すると、お久は芝居がかって、

「おゆきが……おゆきが、またいなくなったのです……もしかして、また高山様の所にお邪魔したのかと……」

「えっ?!　いや、来てませんがね」

「ああ。どうしよう、ああ……私がいけなんだわ。叱ったりしたから……」

狼狽するお久が、くらっと目眩がしたように倒れそうになった。思わず手を差し伸べた和馬の腕を摑もうとしたが、するりと滑り、堀川に落ちそうになった。

「危ないッ」

和馬はさらに体を寄せて引っ張ろうとしたが、お久の方から激しく抱きついてきた。

そして、明らかにわざとではあるが、お久は足を滑らせて堀川に転落した。抱きつか

れたままの和馬も、一緒に落ちた。

——ドボン！

「わ、私……金槌なんで……」

必死にしがみついてくるお久を、和馬はしっかりと抱きとめながら、

「大丈夫です。足が着くから、ほら、大丈夫でしょ」

と落ち着かせるのであった。

ふたりして堀川に這い上がってから、

「ここではなんですから」

と、お久は〝うずら長屋〟の自分の部屋に誘った。

「なんだ、おゆき……帰ってたのかい」

お久が言うと、おゆきは素直に、

「ずっといるよ」

そう答えようとした。が、お久は誤魔化すように意味のない叫び声を上げて、

「ほら、来てくれたわよ、和馬様」

と招き入れて本人の顔を見せると、おゆきは飛び上がって喜んだ。

「ほんとだ、ほんとだ！　やっと来てくれたあ！」

「やっと……？」

和馬が首を傾げると、お久は誤魔化すように笑いながら、

「高山様、このままではお風邪を引いてしまいます。ずぶ濡れになった着物を干しますから、着替えて下さい」

「いや、あなたこそ……」

「はい。でも、高山様がお先に着替えて下さいませ。昔の亭主のがひとつありますから、どうぞ、どうぞ」

お久は男物の着物を一揃え差し出し、自分は隣室を借りるからと、着替えを持って出ていった。まるで計画でもしていたかのような段取りの良さながら、和馬は善意として受け取り、すぐに着替えた。

寸足らずだったが、濡れ鼠よりは随分と快適である。外は晴れているので、着替えを終えて戻ってきたお久は、すぐに和馬の着物を物干し竿に通して干した。

その着物の胸辺りにある家紋を確認するように見ながら、

「本当にごめんなさい……とんでもないことをしてしまいました」

と丁寧に謝るお久に、和馬の方が恐縮していた。

「あ……それより、土産（みやげ）で持ってきたお菓子を流してしまった……」

「私のせいです」

「仕方がない。また改めますよ。作ってくれた三太郎には申し訳ないことをしたが」

「申し訳ありません……こんなむさ苦しい長屋に、お旗本の若殿様を……〝うずら長屋〟っていうくらいですから、本当に鳥籠のような所でして、ごめんなさい」

「謝ることなどない」

「いえ……本当に迷惑ばかりおかけして……」

お久は、おゆきに目配せをして、

「外で遊んできなさい。ずっと折紙ばかりしてては、疲れるでしょ」

と言うと、和馬は首を傾げて、

「何処か遊びに出たので、探してたのでは？」

「あ、いえ……というか……」

困っているお久の顔を見て、おゆきは察したように、手を振って出ていった。

「大丈夫かな……心配だなあ」

「近所の人も見守ってくれてますから……貧しいけれど、そういうのは安心してます」

話していることが矛盾していると思いつつも、和馬は寸足らずの袖を捲り上げ、何か言おうとしたが、その前にお久が言った。

「なんだか、前にもこんなことがあったような気がします……といっても、ずっとずっと遠い昔……」

「遠い昔……」

「ええ。きっと前世では夫婦だったのかもしれませんね」

大人しそうな見かけとは違う話に、和馬は戸惑った。

「――実はこの前、お屋敷にお訪ねしたときも、そう感じていたんです。高山様……いえ、和馬様と会ったとき、あなたとは初めてじゃない。昔から知り合いだったかのように……胸がときめきました」

化粧をしてないお久の顔が、わずかに紅潮した。

「和馬様は、そう感じませんでしたか……」

「まったく」

あっさりと首を左右に振りながら、和馬は思い出したように続けた。

「そういや、吉右衛門のことを、初恋の相手と思い込んでいた武家の奥方がいましたが、生憎、俺にはそんな浮いた話はない」

「ご免なさい……私も思い込みが強く……実は、あの子……おゆきは、私に似たのか、あなたのことを、〝鼬小僧〟だと思い込んでいるんです」

「えっ、そうなのか……」

「ですから、なんというか……夢を壊さないで欲しいんです」

お久は切実な表情になって、ぽつりぽつりと話し始めた。

「身の上話をするのもなんですが、あの子は父親の情を知らないんです……恥ずかしながら、私は今まで三人の亭主がおりましたが、あの子は二番目の……みんな、いい加減な男で、ろくな目に遭わなかった。だから、こうして内職をしても食べるのがやっとで、あの子を育ててきました。今も店賃が溜まっている始末で……」

和馬も親身になって聞いている。

「でも、世の中にはきっといい人もいる。誰かが助けてくれる……そのひとりが鼬小僧なんだって、おゆきはそう信じてます。うちには縁がありませんがね……いつかはきっと来てくれるって……」

「そうだったのか……だが、残念ながら、俺は鼬小僧ではない」

残念そうに言う和馬に、お久は頷きながら、

「分かっております。おゆきも、夢かうつつか分からないのは、私が赤本を読みきかせたせいかもしれません」

　赤本とは今でいう児童書で、荒唐無稽なものもあった。以前、おゆきがどうしても、鼬小僧みたいな人に会いたいというので、義賊の赤本を書いた作者を探し出して訪ねたこともあるという。

「ですが……その赤本を書いていた人は、なんというか、人間嫌いの酷い人で……」

　作者は、自分の家の近くの路地で、鞠つき遊びをしている子供たちですら、「うるさい」と怒鳴りつけ、いつも不機嫌な髭面で酒を飲み、人に当たり散らし、毒づくような人だったという。

「私は、美しいお話を作っている人でも、現実は、自分の亭主と変わらない酷い輩なんだなと思いました。だから、おゆきには、その人が作者とは言えなかった」

「…………」

「でも、おゆきは勘がいい子ですから、目の前の怖いおじさんが、悲しい話を書いている人だと信じてて、いつも読んでると話しかけました。そしたら……」

「そしたら……？」

「お嬢ちゃんは幸せ者だね。こんな話を信じてる子の所には、一生、現れないよ……だなんて、嫌なことを言ったんです。私、騙された気分になって、思わず、その人を引っぱたきました」

「…………」

「私だって大人ですから、人に表裏があるのくらいは分かります……でも、貧しい人に小判を配ってる人が、悪いことをしているだなんて、思えません……きっと、和馬様、あなたのように、素晴らしい人だと思うのです。誰にも分け隔てなく、施しをしていますから……」

和馬は面映ゆくなって、どう答えてよいか分からなかった。ただ、部屋を見廻す限り、女手ひとつで、辛い暮らしをしているのは手に取るように分かる。

「そんな思いをな……」

深い溜息をついた和馬は、さりげなく言った。

「もし、よかったら、うちへ来ないか」

「えっ……」

「俺が父親の代わりになれるわけではないが、屋敷には大工や左官、植木職人をはじめ、出商いの者や大道芸人みたいなのもよく立ち寄る。子供たちも沢山来る。おゆきちゃんにとっても、楽しいかもしれない」

「そんな、私たちなんか迷惑にしか……」

「いや。善は急げだ。今日にでも引っ越そうではないか」

和馬の誘いに、お久は青天の霹靂だという顔をしながらも、

「本当ですか……嘘みたい……本当にお邪魔してよろしいのですか、和馬様」

「ああ。俺は嘘と餅はついたことがない」

「まあ……」

　お久は嬉しそうに立ち上がると、干している着物の前に行き、こっそりと印籠の家紋と付き合わせてみた。

「素敵なご家紋ですね……丸に鷹……」

「よく知ってるな。丸に鶴はまあるが、鷹は珍しいらしくてな。違い鷹の羽など、鷹に纏わる家紋は、武門中の武門との謂われがある……もっとも、私はそれほどでもないが」

「まあ、ご謙遜を……」

「鍛えておれば、あなたと一緒に堀川に落ちたりしないよ」

「……で、ございますかね。でも、これからは本当にご一緒に……」

　背中を向けて着物の皺を伸ばす仕草をしながら、お久はチョコンと舌を出した。

五

お久とおゆき母子が、高山家の屋敷で暮らすようになってから、吉右衛門もまた新しい孫でもできたかのように可愛がった。

どうやら、和馬も吉右衛門も、困った人を救うというより、家族の情愛に飢えているのかもしれない。当人たちが気付いていないだけで、本当は寂しがり屋なのだ。

三太郎も表向きは中間として、居候を続けている。だが、元菓子職人という腕を生かして、練り切りに限らず、大福、柏餅、水羊羹、金つば、落雁、金平糖など、何でも作っていた。

「これならば、ちゃんとした商売になるでしょうに」

吉右衛門は、近所に売り歩く算段を付けようとしたが、

「いいえ。到底、売り物にはなりやせん。遊びに来てくれる、子供たちが喜ぶ顔を見るだけで充分でござんす」

と謙遜するだけだ。

職人気質が強い男のようだが、そんな三太郎におゆきはすっかり懐き、お久の方も

心憎からず思っていた。だが、職人に対していまひとつ警戒しているのは、これまでの亭主がみな飾り職人や漆職人などだったからだ。

——職人は拘りが強いぶん、人づきあいが悪く、内弁慶になったりもする。

と、お久は警戒しているのだ。

だが、それは今までの亭主のことであって、三太郎はそうではないだろうと、吉右衛門はなんとなく、ふたりの縁結びの神様になろうとしているのだ。しかし、ふたりとも、恋心はなさそうだった。

お久はむしろ、和馬の方に色仕掛けをしているように、吉右衛門には見えた。だが、和馬の方はまったく気が付いていない。

「女難の相がありそうだから、気をつけなされよ」

こっそりと吉右衛門は耳打ちしたが、和馬は歯牙にも掛けていなかった。

そんなある日——。

吉右衛門と和馬が留守をしている間に、人相風体の悪い遊び人風が、用心棒らしき総髪の浪人を連れて、高山の屋敷を訪ねてきた。ろくすっぽ挨拶もせず、

「なんだ、三太郎。こんな所にいやがったか。随分と探したぜ」

遊び人風はニマニマしながら、厨房で菓子作りに勤しんでいる三太郎に近づいた。

三太郎は気まずそうに俯いたが、手を洗ってから手拭いで拭きながら、

「ここじゃなんなんで、話は表で伺います」

と丁重に言った。

「誰に命令してんだ。どうでもいいから、今すぐ金を返せ」

俄に苛ついた顔になって、遊び人は三太郎に迫った。

「申し訳ありやせん。必ず、いつか返しますから、今日のところは……」

「今日のところは、なんでえ。盗みでも騙りでもして、耳揃えて返せって言っただろうが。逃げ通せると思うなよ」

「必ず返しますから……」

「おまえの必ずは、耳にタコができるくれえ聞き飽きた」

遊び人風は屋敷内を見廻しながら、

「近所で聞いたが、ここはお旗本。中間として潜り込んだそうじゃねえか」

と食台にある菓子に手を伸ばして、パクリと食べた。

「おまえが払えねえなら、ご主人様に直談判してみるしかねえな」

「勘弁して下さいよ、鮫吉さん……」

「気易く人の名を呼ぶんじゃねえや。おい、金が返せないなら、おまえの雇い主に立

て替えて貰っても構わないだろうがよ。それとも……二度と菓子なんぞ作れないように、両手の指をぜんぶ切り落とすか」

鮫吉という遊び人が鋭い目になると、後ろに控えていた浪人が刀の鯉口を切った。

そんな様子をいつの間にか、厨の一角から、おゆきが見ていた。

「ほう……いつの間にか、ガキまでいたのか……」

ジロリと鮫吉が見やると、

「その子は関わりない。余所の子だ」

と三太郎は言った。

「いけすかない顔をしてやがるな。ガキはこれでも食ってろ」

と鮫吉は菓子を載せていた皿を、おゆきに投げつけた。菓子はバラバラと床に飛び散ったが、皿は勢いを増して、おゆきの額を軽く擦ってから、背後の柱に当たって割れた。

「何しやがる！」

三太郎は身軽に跳ねるように跳んで、おゆきを庇った。微かに額に傷がつき、血が滲み出てきた。

「女の子だぞ。こんな小さい子に八つ当たりしなくたっていいだろうが」

「うるせえッ。てめえが撒いた種だ。とっとと金を返せば、こっちだって、てめえの憎たらしい顔を見なくて済むんだよ！」

鮫吉が怒鳴り散らしたが、おゆきは気丈なのか、泣き声も上げなかった。むしろ、じっと鮫吉のことを睨み上げていた。

「なんだ、このくそガキは……」

摑みかかろうとすると、三太郎はその鮫吉の腕を摑んで、土間に突き落とした。

「——上等じゃねえかッ」

腕を捲って立ち上がった鮫吉の腕には、前科者の入れ墨が彫られてあった。それを見せびらかせて、足を上がり框にかけると、さらに大きな声で、

「てめえが人足寄場帰りだってことも、この屋敷の主にバラしてやろうか、ええ⁉」

石川島の人足寄場とは、無宿人を収容する施設だ。犯罪を犯して刑期を終えた者たちを集め、大工や建具など匠の技を習わせて、更生させるのが目的である。

鮫吉が怒りに任せて、三太郎に殴りかかろうとしたとき、

「待って下さい」

奥から来たお久が、おゆきを庇いながら、

「幾ら返せば、いいのですか」

「誰だ、おめえは」

「この子の母親ですッ」

　お久は気丈に、鮫吉を睨みつけた。

「三太郎、この女とできてんのか。だったら、女郎屋に売れば足しになるんじゃねえか。磨けば、結構いけそうだぜ、おい」

「バカを言うな」

　三太郎が前に出ようとするのを、お久は止めて、自分が進み出た。

「幾ら欲しいのですか」

「そうさな。利子も入れ、締めて六十両」

「ろ、六十両も……」

「飲まず食わずで十年働いても、おまえたちには無理な金だがよ、てめえで作った借金だ。返すのが人の道だろうが」

　お久は懐から、一両出して、ポンと放り投げると、チャリンと弾いた。

「今日のところは、それでお引き取り下さい」

「バカか、おまえは。こんな端金で帰れるか。子供の使いじゃねえんだぞ」

「その言葉も腐るほど聞きました」

響くように言い返したお久には、どこか覚悟めいたものがあった。

「私の亭主たちは、みんな〝飲む打つ買う〟揃い組でね、あなたのような借金取りも毎日のように来てましたよ。脅したって、怖くなんかありませんよ。取り立てる相手が死んだら、元も子もないからね」

「女だてらに度胸は認めてやるが、俺は人一倍、気が短けえんだ。返せねえなら、おまえが体で払ってやれ」

「小判なら、まだ、ごっそりありますよ」

啖呵を切るように、お久は言った。

「なんだと……」

「鼬小僧から貰った金が、たんまりある所を、私は知ってる。使ったところで、誰も困らない金ですよ。そこから持ってくるから、少しの間、待って下さいな」

「ふん。言うに事欠いて、鼬小僧だと……てめえ、なめてんのか！」

鮫吉は匕首を抜き払って、突き出した。

「本当だよ」

必死に言うお久だが、鮫吉はもう聞く耳を持たなかった。いたぶらないと腹の虫が治まらないほど、いきり立っている。

そこへ――。

「よしな」と声があって土間に入ってきたのは、熊公だった。でっぷりとした体を揺すり、十手を突き出しながら、鮫吉に近づいてきた。用心棒の浪人を牽制するように睨みつけてから、

「鮫吉……こんなことしたら、今度は首を晒されるぞ」

と野太い声を発した。

「気が短いっていうなら、古味様も相当なもんだ。今日のところは俺の……いや、古味の旦那の顔に免じて、帰んな」

「…………」

「それとも、ここで大捕物をやるかい」

熊公の背後に、浪人者がそっと近づいたが、鮫吉は手を出すなと目配せをした。

「分かったよ……こっちは金さえ返して貰えればそれでいいんだ。出直すとするが、三太郎、逃げても無駄だ。地獄の底まで追いかけてやるからな」

鮫吉は捨て台詞（ぜりふ）を吐いて立ち去った。それを見送ってから、三太郎は熊公に向かって頭を下げた。お久は、おゆきを抱きしめながら、ほっと安堵して座り込んだ。

「――三太郎……とか言ったな」

熊公は十手を帯に差し戻しながら、まじまじと顔を見た。

「で……女、おまえは？」

「お久と言います」

「ふたりの関係は、どういう……」

「このお屋敷で、お世話になったばかりです……私たちが何か……」

ふたりの顔を見比べながら、熊公は腕組みで首を傾げていたが、「あっ」と何かを思い出したのか、三太郎の肩を叩いた。

「ご隠居と一緒にいたとき、何処かで見た面だと思ったが……おまえは、上野広小路の三橋の近くで、菓子屋にいなかったかい？　『真砂』ってえ、ちょいとした店構えのよう」

「――はい。そうでございます」

三太郎は素直に頷いた。

「主人の政五郎さんには、とても世話になりました」

「その菓子職人が、なんでこんな所に……」

「ご隠居さんに会ったのは、ちょっと前ですが、まあ、色々ありまして」

「へえ、そうかい……で、そっちのお久とやら……鼬小僧がどうのこうのと話してたが、詳しく聞かせて貰おうか」

「えっ……」

「鮫吉に啖呵切ってたじゃねえか。鼬小僧から貰った金がたんまりあるってよ」

床に落ちたままの小判を、熊公は拾って、ひらひらと振った。

「それは……さっきの柄の悪い人を追い返すための方便で……」

「俺にまで嘘をつくことはあるめえ。こちとら、十手にかけて、鼬小僧を探してるんだ。隠し立てはタメにならねえぜ」

「隠すだなんて、そんな……」

「鼬小僧は盗っ人なんだ。たとえ義賊であっても、人様の金を盗んでいいことにはならねえ。そうだろ」

熊公が忌々しげに言って、三太郎にも疑いの目を向けたとき、おゆきが可愛らしい声を張り上げた。

「鼬小僧はいい人だよ。うちにも来たよ」

「へえ、見たのかい」

「うん。鼬小僧は、ここの和馬様だよ。そうおっ母さんが言った」

「な、何を言うの……おゆき、夢を見てるのよ。お話とごっちゃになってるのね」

誤魔化すように言うお久を、熊公はますます訝しげに見て、

「へえ、お嬢ちゃんは、どうして、そう思うんだい?」

「鼬小僧が落としていった〝いんろう〟の〝かもん〟が、和馬様と同じだから」

「これッ――」

思わずお久は、おゆきの口を押さえたが、熊公はしたり顔になった。

「お嬢ちゃんは、難しい言葉をよく知ってるねえ」

やはり、吃驚している三太郎の肩を叩いて、

「ふたりとも、じっくり話を聞かせて貰おうかな。子供には嘘をつけめえ」

と熊公は苦笑いした。

六

自身番ではなく、いきなり大番屋に連れてこられた三太郎とお久は、吟味方与力の前で、古味に問い質されることとなった。

高山家の屋敷を出たところに、吉右衛門が丁度、帰ってきたが、熊公はろくに説明もせず、おゆきを押しつけて、ふたりを半ば強引に連行したのであった。

鼬小僧が江戸市中の長屋に小判をばらまいていることに、町人たちは大歓迎しているが、その一方で、武家屋敷や商家を狙う盗賊一味が跳梁跋扈（ちょうりょうばっこ）している。鼬小僧とその盗賊が同じ者たちかどうかは不明だ。が、ある長屋に投げ込まれた小判に、盗まれた商家の封印が付着していたことから、

――同一人物かもしれぬ。

という噂も立っていた。ゆえに、町奉行所としては、当然、放置しておくことができない事件である。よって、もし鼬小僧に、金を恵まれた者は、正直に町名主や大家に申し出て、預けておくことを、町奉行が命じていたのだ。

「しかし、お久……おまえは、鼬小僧が置いていった小判を、大家に渡さずに手元に置いておいた。これは盗みも同然だ」

古味が追及しても、お久は黙って俯いたままである。ましてや、大番屋などに来たことがないから、緊張して震えていた。

大番屋は、罪人を連れ込んで、吟味方与力が罪を白状させる場であり、裁判の予審も担う。場合によっては拷問をでき、拘置する牢部屋もあるから、何もしてなくても怖い所であった。

「――私は……」

「私はなんでえ、お久。知っていることは、正直に話した方がいいぞ」

吟味方与力の立ち合いのもと、古味は責め立てた。

「もしかして、おまえは、鼬小僧が誰か、知っているのではないのか？　だから、小判一枚くらい貰ってもいいと思った」

めちゃくちゃな理屈だが、古味としては蟻の一穴を狙っているつもりである。

「娘のおゆきが、鼬小僧は、高山和馬だと言っていた……熊公がそう言ってるが？」

「あの子が、そう思い込んでいるだけです……義賊は、普段は情けない侍だ——という赤本のお話とごっちゃになってるんです。まだ五歳ですよ。何も分かるはずがありません」

「そうだな……俺も高山の旦那が、鼬小僧だなんて、思ってやしない。堂々と貧しい者たちに恵んでるし、第一、鼬のように身軽な体でもないしな」

古味は全ては見通しているとでも言いたげに、お久を睨みつけ、

「おまえと別れた亭主たちのことも、色々と調べたよ。たしかに、ろくでなしが多かったようで、おまえも苦労したようだが……貧乏性なのか、金にはうるさかったらしいな」

と嫌味たっぷりに言った。

「当たり前です。綺麗事を言っても、お金がなければ、生きていけませんからね」

「だから……高山の旦那を、たぶらかしたわけか」

「どういう意味ですか」

「母子して転がり込んで、いい目をみようってな。あわよくば、嫁になろうって魂胆も見え見えではないか。だって、これまでの亭主の所にだって……そうだろう？」

「………」

「大人しそうな顔をして、なかなかの色女なんだな」

「そんなんじゃありません」

「まずは、娘のおゆきを送り込んだ。で、高山の旦那に懐かせて、それから……」

「やめて下さい」

お久はそうではないと首を振った。

「私はただ、和馬様のご好意に甘えただけです。それがいけないなら、今すぐにでも出ていきます」

「――そうかい……まだ何か隠してるようだな、お久。あんまり意地を張ると、娘に知られたくねえ昔も暴かなきゃならぬが」

叩けば埃が出てくると思って、古味はカマをかけているだけであるが、お久にとっ

ては気持ちのよいものではなかった。だが、どうせバレるのならばと、居直ったように俄に蓮っ葉な態度になって、

「さいですか……だったら、こっちから、ぶっちゃけますよ」

と、お久は吐き捨てるように言った。

「掏摸をしてました。仕方がないじゃありませんか。私が縫い物仕立てて稼いだ金は、ぜんぶ亭主の酒や博奕に消えるんだから。金持ちから、ちょいと頂戴したところで、相手は痛くも痒くもない。一両や二両なんざ、端金でしょう」

お久の手先の器用さは、良い意味で娘にも継がれているが、自分は生きるために使ったと言い張った。

「端金かどうかは関わりない。盗んだということが悪いのだ」

「だったら、さっさと鼬小僧を捕まえて、打首獄門にすりゃいいじゃありませんか。鼬小僧は盗んだ金を人に与えた。私は自分が使った。その違いですよ」

「掏摸を認めるってことは、罪人になるということだ。娘に顔向けもできないな」

掏摸の刑罰は、相手にも油断があるということで、「敲」という軽いものだった。だが、累犯は「入れ墨」となる。それが重なれば、〝増入墨〟され、入れ墨三つで死罪である。

「おまえは、そのことを承知で言っているのか？」

「…………」

さすがに死罪という言葉に尻込みしたのか、お久の態度は曖昧になった。

そんな様子を横で見ていた三太郎が、

「いい加減にして下さい、旦那」

と落ち着いた声ながら、お久を庇うように訴えた。

「どうせ、俺のことも調べてるんでしょ。熊公親分が、俺の素性を知ってましたし」

「立派な菓子屋の職人だったそうではないか。但し、その前は……」

「俺も自分で言いますよ。鮫吉の親分に当たる〝根津の安兵衛〟というやくざ者のところにいました」

「らしいな。おまえも、かなりの暴れ者だったと聞いたが」

「生まれた時から、親も兄弟もいないですからね。年頃になって、人に言えない悪さを重ねました。でも……そんな時に、足を洗わせてくれたのが、『真砂』の政五郎さんです」

「修業をしたっていう……」

「はい。餅や団子が美味いので、よく立ち寄ってるうちに、ちゃんと働けと教えてくれたんです。まっとうに働いていれば、くさくさした気分も飛んでいくってね」

三太郎は思い出を手繰り寄せるように、瞳を閉じた。

「あの頃、政五郎さんは随分と大人に見えたが、まだ三十そこそこで、俺と一周りくらいしか変わらない。でも、根津の安兵衛親分に直談判して、俺を引き取ってくれ、血の繋がった弟のように可愛がってくれた」

「……」

「それだけ、本気で叱ってくれた。菓子作りの修業も厳しかった。手を出すことはなかったが、怒鳴り声で、耳がおかしくなると思ったくらいでした」

自分で得心するように頷きながら、三太郎は目を開けて、古味を見つめた。

「旦那も見習い同心の時には、苦労をなすったでしょ。俺も同じです。苦労してると、人の痛みっつうのかな……分かってくるんです。だから、二度と悪さはしねえと、心で誓いやした」

「だから、なんだ。罪滅ぼしに、龜小僧になって、善行をしようとでも？」

古味がからかうと、三太郎は苦笑いを浮かべて続けた。

「まさか……俺は、十年近く、政五郎さんにお世話になった後、『真砂』の暖簾分けをして貰いやした……いやあ、嬉しかったなあ……それで、浅草寺の近くに小さな店を出して貰った。その時、決めたんです」

「何をだ」

「俺も、政五郎さんと同じように、ダメなガキどもの一助になりたいって」

　三太郎は真顔になって、切実な声で話した。

「だから、暴れるしか能のない奴とか、親が嫌で家を飛び出してきた奴とか、盗っ人紛いのことをしている奴とか、そんな連中に片っ端から声をかけて、内弟子にしたんだ」

「ほう、大したものだな……」

「初めのうちは、すぐに音を上げて、居着く奴も少なかったし、ガキを安く扱き使ってるって悪口も耳にしましたよ……でも、ひとりでも俺を頼ってくる奴がいりゃ、政五郎さんがしてくれたとおりに、してやりました」

　三太郎は大きく手を広げるような仕草で、

「そして、『真砂』の暖簾が江戸中、どこでもあるようにしてえ、そう思ってました。お気づきのように、『真砂』は政五郎の語呂合わせで、純粋無垢な真っ白な砂のような菓子作りを目指すってことでさ」

　と眩しそうな顔で言った。

「俺もそうなりたいって思ったんだ」

「だが、上手くいかなかった」

「………」

「それで、自棄のやんぱちで借金だらけになって、元の黙阿弥ってことか。所詮は我慢の足りない、腐れやろうってことだよ」

罵倒するように言う古味の顔には、慈悲の欠片もなかった。

そのとき、ゆっくりと表戸が開いた。

入ってきたのは、和馬だった。眉間に皺を寄せて、沈痛な面持ちであった。

「――聞かせて貰ってたよ、古味さん」

和馬は顔見知りである吟味方与力の藤堂に頭を下げてから、

「俺は仮にも旗本だ。武家屋敷から、主の断りもなしに、このふたりを連れてきたのは、矩を踰える所行ではありませぬか」

と感情を抑えながらも強い口調で言った。

「いや、それは……」

「言い訳は結構。ふたりは連れて帰るが、古味さん……その三太郎が借金したのは、自棄でも我慢が足りないからでもない」

「…………」

「菓子職人として育てた若い者に、店を出させるときに、三太郎自身が代わりに被(かぶ)った借金だ……思うように商売が上手くいかなかった者もいる」

和馬は三太郎の肩を軽く叩いて、

「だけど、この三太郎は、可愛い弟子たちが困らぬようにと、借金をぜんぶ、自分が引き受けたのだ」

「随分と恩着せがましいですな、高山様」

「なんだと」

「理由がどうであれ、借金したのは事実だ。挙げ句、てめえの店も失くしてしまった。その上に、鮫吉のような凶悪な奴に狙われる。自棄になっても不思議じゃねえ」

「何が言いたい」

「俺は、こいつが鼬小僧だと睨んでる。高山様やご隠居が絡んでるとは思ってはいないが……高山様の屋敷を物色しているかもしれない。だから、調べてるんだよ」

古味が忌々(いまいま)しげに言って、三太郎を睨み据えたとき、藤堂が口を挟んだ。

「そこまで言うのなら、何か証(あかし)があるのであろうな」

「まだハッキリしたものはありませんが、そのうちに……」

と言いかけた古味を制して、和馬は抱えていた風呂敷包みを藤堂に渡した。

「小普請組だからって暇を持て余してるわけじゃないんだ……ちょっと調べてみたのですがね。ええ、鼬小僧が押し入ったであろう、武家屋敷や商家が何処か……」

和馬は古味を振り返って、じっと見据え、

「うちの切手米も扱っている『武蔵屋』という札差がいるのだが、ある疑惑が浮かんだので呼びつけたことがある」

と、その時のことを克明に話した。

その場には、小普請組支配の大久保兵部も同席し、旗本として問い質した。

『もう一度尋ねる、武蔵屋利兵衛……北町奉行の遠山様に依頼されてのことだ。嘘偽りなく、答えよ』

控える武蔵屋利兵衛を、和馬は質問攻めにした。

『酒井主水という勘定組頭を知っておるな。酒井は、札差のおまえに、米手形の扱い量を増やす便宜をはかった。その見返りに……二百両ばかりの賄を受け取ったとある。番頭の治助もその場にいて、証言をしておる』

『治助が？　それは、治助の作り話でございましょう』

『何故に、作り話をせねばならないのだ』

『半月ばかり前の事でございます。治助は悪い仲間に誘われて、博奕にはまりました。その金欲しさに、店の金子に手を出してしまったのです……わずか数両とはいえ、番頭として、やってはいけない事。それで、暇を出したのですが、その腹いせなのか、あちこちで、そんな大嘘の話をしては、私を困らせているのです』

　利兵衛は淡々と話したが、和馬はまったく信じない。

『さような作り話をしているのは、おまえの方だ』

『そこまで言うならば、証拠を出すか、治助を連れてきて下さいませ』

『残念ながら、それはできぬ……治助は大川で土左衛門となって見つかった』

『さようで……それは、知りませんでした……可哀想に……』

『その治助が、ある寺の和尚に預けていた裏帳簿の中を精査すると……武蔵屋の大名や豪商への貸付金が、ここ三年で、莫大な額に上っていることが分かった。ざっと年に五万両もの増額がある』

『だから、なんでしょう……』

『増えた手数料を多めに誤魔化して、それを隠し持っていた……その蔵から、鼬小僧が金を幾ばくか盗んだが、おまえたちは横領した金のことがバレるからと、お上に届け出なかった……番頭は裏帳簿の余白に、そう書き残してある』

『――ふん。どれもこれも、証拠がありませんな……』

『鼬小僧に盗まれたというのに、気にもならないのか？』

利兵衛は惚けた顔で、和馬を見ている。

『実はな……鼬小僧は、北町奉行所の役宅に忍び込んで、おまえと酒井が交わした約定書を、こっそりと届けておいたのだ。盗みに入ったとき、蔵にある千両箱の底から見つけたらしくてな』

『ええっ……！』

『ご丁寧に、賄賂に使う金ならば、盗んで人々にばらまきます……とまで、鼬小僧は書き添えていた』

『ばかな……』

『酒井はすでに正直に吐いておる。素直に認めた方が、罪は軽くなるぞ』

和馬に詰め寄られて、利兵衛はがっくりと肩を落とした。

『認めるのだな』

『は、はい……』

『さようか。そのこと、お白洲でも正直に話すな？』

もはや言い逃れはできぬと判断した利兵衛は、北町奉行所のお白洲に呼ばれて、遠山から直々に詰問され、白状した。それが決め手になって、酒井も囚われた上で、切腹を命じられたのだった。

そこまで——和馬が丁寧に話したとき、

「えっ……!?」

と古味が驚いた目を向けた。

「てことは、酒井はまだ吐いてないのに、高山様は、カマを掛けたってことかい」

「かけられて、正直に言ったのだから、よいではないか」

「……」

「分かったな、古味さん。あんたが今、やることは、うちの奉公人にあらぬ疑いをかけることではない。北町奉行所の役宅まで忍び込んだ、本物の鼬小僧をお縄にすることだ」

「本物の鼬小僧を……」

「その気になれば、お奉行の寝首を掻くことだって、できたかもしれぬ」

「あっ、そうか……」

古味はぶるっと体が震えたが、和馬は怒りに満ちた顔で、

「武蔵屋利兵衛と酒井主水の不正を暴くというオマケがついたとはいえ、盗っ人が町

奉行をからかったことにならないか？」

「たしかに……」

「そんな輩は、義賊を装いながら、いつか極悪人に変貌するかもしれぬ」

「あ、ああ、なるほど……」

「遠山様をお守りしながら、鼬小僧を捕まえることができれば、古味さんのお株も益々（ますます）、上がろうというものだ」

和馬に煽（あお）られて、古味が決意をして大きく頷くのを、藤堂は苦笑で見守っていた。

七

「ご免なさい……申し訳ありません」

屋敷に帰ってきてから、お久はずっと謝ってばかりである。

古味から助けてくれたからではない。昔、掏摸の真似事をしていたからでもない。

和馬に嘘をついていたためだ。

「もういいよ、お久。なんであれ、古味という同心は、人の顔を見れば泥棒と思う癖がある。これまでも、やってもない事を吐かされた者もいるからな」

「そ、そうなんですか……」

お久は改めて不安が襲ってきたが、首を横に振りながら、

「違うんです。私……」

と傍らに、吉右衛門の膝に座っているおゆきをチラリと見た。

「この子を使って、和馬様に近づこうとしたのです」

「……………」

「古味の旦那に言われたとおり、鼬小僧がくれた一両、長屋で、私だけが隠してました。あれば助かるからです」

懸命に和馬に訴えるお久の姿は、神仏に許しを請うているようだった。

「おゆきに迷子のふりをさせました。和馬様が声をかけて、お屋敷で預かってくれるであろうことは、ご近所さんの話を聞いて、承知してました」

「ご近所……」

「ええ。誰彼問わず、親切を施す優しい人だとの評判です。それを耳にして、私、確信しました。これの持ち主は、あなた様に違いないということを」

お久は〝丸に鷹〟の家紋の入った印籠を、懐から差し出して見せた。

「これを……あの夜、鼬小僧が落としていったんです。長屋の木戸口の辺りに……」

「——これを……」

和馬は受け取って、まじまじと見た。

「はい……その印籠の持ち主が、鼬小僧に違いない。それで、私も昔、あるお旗本の屋敷で、下働きの女中として奉公していたことがありますので、武鑑などを見て、手当たり次第、探しました……そしたら、この高山家に行き当たったんです。しかも、

「人知れず親切をしているって」

「いいえ。自分でも調べました。和馬様は、深川診療所となっているお寺の賽銭箱(さいせんばこ)にも、こっそりと施しをなさってる」

「あれは、余裕のある人なら、誰でもやっていることだ」

「いいえ。誰にでもできることではありますまい……私、何日か、和馬様の様子を窺ってました。そしたら……」

お久の目には、じんわりと涙が溢れてきて、感極まったように、

「本当に神様か仏様のように、『大丈夫か、腹は空いてないか？　病には罹ってないか？　薬代は持っているか？　辛いことはないか？　奉公先から虐(いじ)められてないか？何でも困ったことは言えよ』……そんなふうに、町の人々に声をかけてるではありま

せんか」

「それが迷惑だという人もいますがね」

吉右衛門が横合いから、茶々を入れたが、お久は真剣なまなざしで言った。

「いつもは情けない侍のふりをしてますが、ヤットウの方もお強い。人を脅かすならず者や暴れてる浪人を、事もなげにやっつけたところも目の当たりにしました」

「いや。それは、たぶん吉右衛門が尻拭いでやってると思うがな」

和馬の言うことは聞き流して、お久は瞳を輝かせた。

「そんな凄いお方……私、これまで見たことがありません……これまで何度も男に痛い目に遭わされたからか……この人なら大丈夫……うまく近づけば、もしかしたら騙せるかもしれない。そう思ったのです」

「──騙せる……？」

和馬は素直そうに問い返した。

「独り身だと分かったので、奉公人として潜り込んで、妻になろうと思ったのです……そしたら、一生、お金に困ることはない。しかも、鼬小僧をやっているようなお人だから、私たち母子は安泰だと……」

思い詰めた顔になって、お久は額を床に擦りつけて、

「ご免なさい。人の善意に付け込んで、とんでもないことを考えました」

と、ひたすら謝った。

「アハハ……随分と思い込みが強い人だ。それでは、ほとんど妄想ではないか……たしかに、この印籠はうちの家紋……にそっくりだが、鷹の向きが反対だ。うちは、臍曲がりなのか、嘴がこっち側……右向きなのだ」

「えっ……」

「そういうことだ。俺のではない」

自分の印籠を見せてから、しだいに和馬の笑いは大きくなった。

「それに、騙すもなにも、お久……俺はあなたの夫になってないし、何かを騙し取られてもいない。こうして、母子共にうちで一緒に暮らしてくれているだけではないか」

「暮らしてくれている……」

「ああ。奉公人としてな。それは、三太郎も同じだ。誰に遠慮することもない。気が済むまで、ここにいればいい」

和馬の優しさに、三太郎も袖で涙を拭いながら、

「――本当に、ありがとうございやす……ありがとうございやす……」

「おまえも涙もろい奴だなあ」

「でも、大番屋で話したとおり、俺は悪いことばかりしてきて、借金もある……そんな奴がこれ以上、ここにいたら……」

「バカを言うな。おまえが菓子屋で、悪ガキの面倒を見たのが悪いことか？　それに比べれば、俺なんか何もしてない。屋根を貸してるだけじゃないか」

「そんなこと……」

「下らぬ遠慮をするより、もう一度、頑張って『真砂』の暖簾を出せばいい。そして、悪ガキどもを集めて、一人前にしてやる夢を叶え続けたらいいではないか」

「若殿……俺は、俺は……」

嬉し涙をまた拭う三太郎の姿を、お久も同じように感謝の目で見つめていた。


その夜――。

ふと目が覚めたおゆきは、「おしっこ」とお久を揺すったが起きないので、ひとりで蒲団から抜け出した。

厠に向かう廊下を歩いてくると、厨の方には薄い行灯の明かりが洩れている。

おゆきは首を傾げながら、そっと近づくと、部屋の中から、ぼそぼそと声が聞こえる。それは、和馬と吉右衛門の声だった。

「困りましたな、若殿……このままでは、蓄(たくわ)えがまったくなくなりますぞ」

「うむ……」

「恵まれない人に施すのは結構なことですが、先立つものがないと、こちらが倒れてしまいます。かといって、私たちに商いの才覚があるとは思えませんし……」

「しかたないな。ご先祖の……」

「いえ、売る物はもう何もありませぬぞ。それに、小普請組による人足斡旋をしても、一文も入ってくるわけではありませぬし」

「たしかに、困ったな……」

深い溜息をつく和馬だが、まだ何処か他人事(ひとごと)のようで切迫感がない。それほど、自分のことより人のこと、という和馬だとは承知しているものの、吉右衛門は呆れ果てた顔で見ていた。

「次に入ってくるのは、まだ四ヵ月も先ですから、しばらくは金銭的な施しは慎んだ方がよろしかろうと思います」

「だが、仕事を作って雇用を生まねば、貧しい人々は食えぬままだ……三太郎も同じ考えで、そうしてきた」

「ですが、若殿が借金を抱えてしまっては、本末転倒でございましょう」

「だからこそ、ある所から取ってくる」

「それを、ばらまく……というのですか。それも限りがあることでございましょう」

「江戸城中のふたつの蔵には、常に二百五十万両もの金がある。去年と今年は、思わぬ嵐の水害によって、土砂崩れや河川の氾濫が起きただろ。それに付随する疫痢によって、大勢の人々が苦しんだ。この江戸でも親兄弟が、別れ別れに暮らさねばならぬ目に遭ったんだ。なんとかしたいのが、人の情けであろう」

「もちろん、そうですが、若殿ひとりで如何ともしがたいことです」

「こんな時のために、幕府の蔵には莫大な金を貯めておるのだ。なんとかして、それを人々に渡すしかあるまい。明日の命も知れぬ町人たちが沢山いるのだからな」

「——さようでございますな……」

「やむを得まい。誰とて背に腹は変えられぬ。なんとかしないと、物盗りになるか物乞いになるか、でなければ首を吊る者も……それでは、あんまりではないか」

「若殿の気持ちは痛いほど分かります。この老いぼれめも、なんとか知恵を絞って、人々に金が廻る手立てを考えましょう」

仕方がない主人だなと、吉右衛門も思ったとき、ガタッと物音がした。障子戸を開けて廊下に出ると、おゆきが立っていた。

「おや、どうしたね、おゆきちゃん」

もじもじとしている様子を見て、吉右衛門はすぐに気付いた。

「おしっこかね」

「う、うん」

「よしよし。暗いから怖いよね。さあ、おいで、じいじがついていってあげるよ」

吉右衛門が手を引いていくのを、和馬は微笑ましい目で見送った。

「だよな……父親もいない、こんな幼子を見捨てるような世の中は、決してあってはならない……少しでも変えねばならぬのだ」

八

江戸中が寝静まった丑三つ時──。

日本橋のど真ん中ともいえる十軒店本石町にある『常陸屋』という両替商の中庭に、ひらりと黒装束の男が塀を乗り越えて降り立った。猿のような素早い動きで、裏手の石蔵の方へ走ると、しっかりと閉じられている扉の前で、しゃがみ込んだ。

肩に掛けてある小袋から、幾つかの小刀や錐、鑢のような小道具を出して、手際よく錠前の穴に差し込んだ。闇の中ながら、手探りでいじっていると、ほんの五つか六つ数えるうちに、ガチャっと錠前が外れた。

黒装束の男は、腰の竹筒の栓を抜くと、扉の下の方にささっと油を撒いた。軋み音を少なくし、扉を潤滑に開けるためである。

――しゅるる……。

大扉が開くと、中にも格子扉がある。その鍵も素早く開けると、黒装束は軽業師のような足捌きで、蔵の中に入った。

わずかに明かり窓から月光が射し込んでいるが、猫の目でもなければ、何処に何があるか分かるまい。だが、黒装束の男――鼬小僧――は、まるで目星をつけていたかのように、ひらりと奥に積み上げられている千両箱のひとつの側に駆け上った。

蓋を開けると、封印のものも含めて、ごっそりと小判が入っている。月明かりで、わずかに燦めいた。

細身の体なのに、かなりの腕力があるのか、ひょいと千両箱を肩に担ぐと、するりと下まで下りて、足音も立てずに表に出た。

その時である。

「御用だ、御用だ！　鼬小僧、観念しやがれ！」

怒声が上がると同時、屋敷の内外に捕方の御用提灯がズラリと掲げられた。その明かりに、鼬小僧の顔が一瞬、浮かんだが、頬被りのため、よく見えない。

蔵の前にドッと押し寄せてきた、二十数人の捕方は、千両箱を抱えたままの鼬小僧をズラリと取り囲んだ。

捕方を割って前に出てきたのは、朱房の十手を大仰に構えた古味だった。

「ご苦労だったな、鼬小僧。今宵が月の見納めだ。神妙に、お縄になりやがれ！」

合図と同時に一斉に捕方が躍りかかると、鼬小僧は千両箱を投げつけた。小判がバラバラッと飛び散り、千両箱は捕方のひとりに当たって、悲鳴が上がった。

頭から小判が落ちてきて、封印も切れてジャラジャラと音が鳴り響いた。

「あッ、ああ……！」

一瞬、怯んだ捕方たちの足下には、沢山の小判が輝く敷物のように広がっている。

月光を浴びて、美しく燦めく小判の群れを見て、捕方たちは思わず息を飲んだ。

「な……何をしておる！　とっとと捕まえろ！」

悲痛な古味の叫びに呼応して、捕方たちは申し訳なさそうに、小判をあまり踏まないように鼬小僧に向かった。だが、鼬小僧は植え込みに飛び込み、さらに松の木に足をかけて登り、ひらりと塀に飛び上がった。

「ごめんなすって」

塀から隣の屋敷の屋根に飛び移り、まさに鼬のように走って逃げた。

塀の外の通りや路地にも、捕方は大勢、待ち構えていたが、鼬小僧の思いがけぬ素早さと機転の早さに、追いつくことはできなかった。呼び子を鳴らしながら、「御用、御用」と捕方は追い続けたが、一体、何処を探してよいのかも分からなくなり、みんなへトへトになって、地面に座り込むのだった。

「ええい。不甲斐(ふがい)ない奴らめが！　探せ、探せ！　絶対に捕らえろ！」

古味の叫び声だけが、江戸中の闇夜に響き渡るようであった。


翌朝——。

鼬小僧を捕縛することができないまま、古味は、遠山奉行に対して謝罪に訪れた。

町奉行の執務部屋に通された古味は、恐縮して首を縮めていただけであった。

「申し訳ございませぬ……いま一歩のところで取り逃がしまして……」

古味が両手をついて詫びるのを、遠山は叱りつけた。

「万全の策を取ってなかったのか」

「屋敷はすべて取り囲み、隣家にも捕方を配して、鼠一匹通れぬようにしておりました。ですが、思いがけず屋根伝いに……」

「町木戸ごとに屋根は切れておる。しつこく追えば、いつかは捕らえられるはずだがな……まあ、仕方があるまい。しばらく、自宅にて謹慎しておるがよい」

「お、お奉行……そんな殺生な……」

「これだけお膳立てした捕り物を失敗するとは、切腹ものだぞ」

　普段は寛容な遠山とは思えぬほどの、厳しい言い方だった。それだけ古味は衝撃を隠しきれないが、必死に嘆願した。

「此度のことは、本当にお詫び致します。ですが、謹慎だけは、ご勘弁下さい。これからも、身を粉にして、お奉行様のために働きますので、どうか、どうか」

「この奉行のため、だと？」

「は、はい……」

「それが心得違いだ。江戸町人のために働く気概がないから、取り逃がすのだ」

　遠山はさらに叱責するように、鋭い表情になって、

「此度の『常陸屋』は、勘定組頭の酒井主水と札差『武蔵屋』絡みで、番頭・治助が書き残したものから、割り出した大店だ。この両替商が、酒井らと組んで一儲けして

いたのだ。それゆえ、鼬小僧は必ず狙うと、町奉行所では対策を立てたはずだ」

「は、はい……」

「だが、鼬小僧を捕らえた――というだけであっては、江戸町人は納得するまい。なんといっても、貧しい人々に金をくれる義賊ゆえな、お縄にした町奉行所の方が悪し様に言われるであろう。それが人の世の評判というものだ」

若い頃には、かつて芝居小屋で働いていたことの噂がある遠山だけあって、世情には通じていた。だからこそ、〝極悪人〟として捕縛するつもりだったのだ。

「のう、古味……その役はおまえが引き受けるはずではなかったのか」

「あ、はい……しかし……」

「その場に臨むと、鼬小僧が怖くなって、怯(ひる)んでしまったか」

意味ありげに苦笑した遠山は立ち上がり、古味の背後に廻ると、扇子でポンと首根っこを軽く叩いた。

「おまえは、この首をかけると申したではないか……自分が鼬小僧と戦って……いや、戦う振りをして、相手に腹を刺される……そうすれば、ただのコソ泥ではなく、押し込み強盗となり、獄門(ごくもん)にできると」

「…………」

「人を刺せば、たとえ義賊の真似事をしても、町人とて拍手喝采はするまい。その上、酒井たちの一件もすべて片付く……一石二鳥どころか三鳥であると、な」

「申し訳ありませぬ……」

さらに頭を下げる古味の前に、遠山は座り込んで、

「まあ、失敗は仕方がねえ。だが、後始末はてめえでしろ。それだけだ」

と伝法（でんぽう）に言い放つと、下がれと命じた。

恐る恐る廊下に出ていく古味の姿は、すっかりと生気が消えており、泣き出しそうな顔になっていた。

「おい、古味――」

背中に遠山が声をかけた。

「『常陸屋』で、鼬小僧がばらまいた小判から、六十五両が消えている……と主人や番頭がきちんと数えた」

「はい……」

「鼬小僧がそれだけは持ち逃げしたようだが、今日の未明、ある町にばらまかれた小判が、町名主に届けられたのは、六十二両だったそうだ……つまり、三両は鼬小僧が戴いたのかもしれぬが、奴は一文たりとも懐（ふところ）しないってのが流儀らしい」

「…………」

「おまえが、ネコババしたんじゃねえだろうな」

「め、め、め、滅相もありませぬ」

「そうか……ならいい」

古味はまた一礼すると、よろよろと酔っぱらいのような足取りで立ち去った。

その日のうちに——読売でも、また鼬小僧が現れたと評判になった。〝原資〟は両替商『常陸屋』で、酒井や『武蔵屋』とともに、横領した公金を、高利貸しの元手にしていたことも判明した。

しかも、『常陸屋』は裏で、ならず者の鮫吉らと通じており、法定利息を上廻る貸し付けをし、理不尽な取り立てをしていたことも暴露されたのである。

高山家では、いつものように、三太郎が目にも鮮やかで美しい菓子を作っていた。

その隣では、お久が真剣な顔で手伝っており、おゆきも子供なりに楽しんでいた。三太郎には、すっかり馴染んでいる。三人の姿は、まるで親子のように見えた。

庭先では、近所から来た子供らが、隠れん坊や鬼ごっこをして遊んでいる。親が働きに出ている長屋の子供らを預かっているのだ。みんな、三太郎のお菓子や吉右衛門のご飯を楽しみにしていた。

内職の手が空いたおかみさん連中も、屋敷に来ては、炊事や掃除を手伝ってくれる。まさに、近所の集会所みたいだ。

「今日も、鼬小僧が出たようだけど、うちにも来ないもんかねえ」

「小判、一度でいいから見てみたいなあ」

「でも、下手に大金を手にすると、うちの亭主なんざ、きっと酒か博奕だよ」

「ああ、ろくなことがない気もするね」

「そうだよ。地道に真面目に働くのが一番だよ」

「本当……けど、鼬小僧って、一体、何処の誰なんだろうねえ」

などと話していると、ふいに、おゆきがパッと明るい顔になって、

「おばちゃん。鼬小僧は、ご隠居様だよ」

「ええ……？」

「だってね、夜、話してたもん。お金を、ある所から取ってくるって、話してたもん」

「へえ、そうなんだ」

おかみさんのひとりが笑って、頭を撫でた。

「そうかもしれないねえ……ご隠居さん、なんでも、できるもんねえ」

「うん。梯子が倒れても、くるりんパッと飛び降りたよ」

「ふうん、そうなんだ、凄いね」

よしよしと、おゆきは頭を撫でられると、満足そうに笑った。

そこへ――外に出ていた和馬が帰ってきて、おゆきの手を引いて、三太郎とお久の所に連れていった。

「聞いてくれ、ふたりとも……富岡八幡宮の近く、大横川との間にある路地裏だが、小さな店が空き家になってた。そこを安く、貸してくれるそうだ」

和馬が声をかけると、三太郎たちは不思議そうに振り返った。

「そこで、菓子屋をすることにした。もちろん、暖簾は『真砂』。おまえたちの店だ」

「私たち……」

「ああ。夫婦になるかどうかは、俺の知ったことではないが、いや、なって欲しいが……とにかく、そこで仕事をしながら、暮らしてみてはどうだ」

「若殿……そんな、唐突に……」

三太郎が照れ臭がるが、お久はまんざらでもない顔だった。

「実に、お似合いだ。年の差はあるが、おゆきのためにも、よかろう」

余計なお節介だとは承知しているが、和馬としては、それが望みだった。手に手を取ることによって、ふたりの長年の苦労が報われる気がしたからだ。

「そう思うだろ、吉右衛門」

「ええ、それが一番、ようございますな」

ご隠居にも背中を押されて、三太郎とお久はお互いを見合って微笑んだ。その間に、おゆきが入り込んで両腕を広げ、ふたりと手をギュッと繋いだ。

新しい親子の門出を祝うかのように、今日も江戸の空は、真っ青に輝いていた。

二見時代小説文庫

いたち小僧 ご隠居は福の神 3

著者 井川香四郎

発行所 株式会社 二見書房
東京都千代田区神田三崎町二－一八－一一
電話 〇三－三五一五－二三一一［営業］
〇三－三五一五－二三一三［編集］
振替 〇〇一七〇－四－二六三九

印刷 株式会社 堀内印刷所
製本 株式会社 村上製本所

 ISBN978−4−576−20092−7
https://www.futami.co.jp/

井川香四郎

ご隠居は福の神

シリーズ

「世のため人のために働け」の家訓を命に、小普請組の若旗本・高山和馬は金でも何でも可哀想な人たちに分け与えるため、自身は貧しさにあえいでいた。ところが、ひょんなことから、見ず知らずの「ご隠居」を屋敷に連れ帰る。料理や大工仕事はいうに及ばず、体術剣術、医学、何にでも長けたこの老人と暮らすうち、和馬はいつしか幸せの伝達師に！「ご隠居」は何者？　心に花が咲く新シリーズ！